사랑이라고 쓰고 나니
다음엔 아무것도 못 쓰겠다

최여정 지음

사랑이라고 쓰고 나니
다음엔 아무것도 ————
———————— 못 쓰겠다

연극에서 길어 올린 사랑에 대하여

틈새책방

서사가 얇아지고 사고는 쪼개지는 시대에 모처럼 오케스트라의 종합 편성을 가진 글을 만나는 반가움. 지적이고 예술적인 '풀코스의 파인다이닝'에 초대받은 기분이다. 이런 생각의 근육을 가진 이가 우리 다음 세대에 있고 더구나 같은 직장에서 일했던 젊은 친구라니 눈을 비비고 다시 본다. 한때 '벚꽃 동산'의 주인이었던 할아버지 할머니의 시절, 규범과 도리에 진심인 아버지와 그저 모성일 수만은 없었던 엄마, 그리고 나의 길고 짧은 사랑들과 다시 다가 오는 사랑, 최여정 40년 여정의 모자이크를 완성해 가는 재미도 쏠쏠하다.

— 조선희 작가 | 《세 여자》, 전 서울문화재단 대표이사

사랑이 무엇일까. 대체 사랑이 무엇이길래. 이런 의문으로 책을 폈다. 이토록 섹시하면서도 지적인 책이라니. 사랑이라고 소리 내어 읽고 나니 마음이 먹먹해진다. 사랑이 찬란하고 눈부신 달콤함만이 아님을 알게 된 오늘이라서일까. 책에서 눈을 뗄 수가 없다. 그녀의 글을 따라 연극을 보고, 책을 읽고, 영화를 보며, 사랑을 하고 이별을 한다. 글이 참 달지만 시큰거려 마음에 손을 대고 "괜찮아." 하고 말

해 본다. 그새 마음이 환하고 해사하게 피어났다. 참 봄꽃 같은 책이다. 온 힘을 다해 생을 사랑하고픈 이들이 이 책을 읽기를 바란다. 그럼에도 불구하고 사랑, 그래도 사랑.

– 윤정은 작가 |《메리골드 마음 세탁소》

후딱 읽었습니다. 산문집을 이렇게 단숨에 읽어 보기도 처음입니다. 독자의 마음을 속속까지 읽어 가며 씁니다. 연극을 깊이 사랑해서일까요. 말을 그만두어야 할 때, 지적으로 인용을 해야 할 때, 감상에 잠겨야 할 때를 제대로 압니다. 그래서 구애됨이 없이 막 읽힙니다. 시냇물이 흘러가네 싶을 정도의 천연 그대로라서 지루할 새가 없습니다. 길어 올린 글들은 가슴이나 머리로 짜내지 않고, 배로 쓴 게 분명합니다. 그래서 마음에 와서 부딪히는 말맛과 말의 힘에 저릿저릿해집니다. 솔직하면서 풋풋하고, 세련되었으나 유기농스럽습니다. 단언합니다. 이 산문집을 읽고 나면 최여정과 기필코 와인 한 잔을 하면서 수다를 떨고 싶으실 겁니다. 문득 그녀가 소설을 쓰면 어떨까 지극하게 궁금해졌습니다. 마지막 챕터를 덮는 순간, 제 마음을 곧장 이해하실 겁니다.

– 고선웅 연출가 | 서울시극단 예술 감독

사랑이라고 쓰고 나니
다음엔 아무것도 못 쓰겠다

사랑이라는 어쩌면 가장 뻔한 희곡은 누가, 언제, 누구와 함께 무대에 오르는지에 따라 매번 다른 작품이 된다. "같은 희곡, 같은 무대라도 어젯밤 보았던 연극이 오늘과 같을 수 없는" 연극처럼. 40대 여성 작가 최여정의 버전은 청춘처럼 마냥 달뜨지도, 노인처럼 완고하게 단념하지도 않는다는 점에서 고유하다. 연극과 사랑을 수려하게 포개 놓은 이 책을 읽다 보면, 독자는 찬란했기에 더 처절했던 지난 사랑이 생생하게 '상영'되는 경험을 하게 된다.

— 최윤아 한겨레신문 기자 |《남편은 내가 집에서 논다고 말했다》

보고, 만지고, 냄새 맡기 위한, 객관적 거리 따위는 없다. 최여정은 그냥 안는다. 아주 강하고, 때로는 처절한 끌어안음. 그는 자신이 안고 있는 것이 무대 위의 '극'인지, 자기 가슴의 '혼'인지 굳이 구분하지도 않는다. 다만 무대와 현실 사이의 경계에서 무수한 크랙을 내곤 거기에 유동하는 무엇인가를 들이붓는다. 사랑? 그래 사랑! 최여정의 사랑은 마치 '자성유체 ferrofluid' 같달까. 나노 단위로 섬세하게 부서진 쇳가루는 액체 속에서도 가라앉지 않고 영원히 부유한다. 말하자면 읽는 자의 눈을 액화해 버리는 문장. 그의 문장은 순식간에 스며들어 누구도 쉽게는 예상할 수 없는 모양을 만든다. 우리가 사랑하려는 모든 것의 모양. 그게 연극이든, 인생이든. 여기까지 쓰고 나니 아무것도 못 쓰겠다.

— 김성신 출판평론가

사랑에 대해 이야기할 줄은 몰랐다.

　나는 그저, 미처 다 하지 못한 연극 이야기를 할 생각이었으니까. 여름 무렵에 쓰기 시작한 글들은 겨울이 오자 멈춰섰다. 지난 사랑을 끝맺어야 했다. 편집자는 내가 보낸 몇 편의 글을 읽고 "이대로는 출판할 수 없다."라고 했다. 간신히 팽팽하게 당기고 있던 활시위가 툭 끊어지는 것 같았다. 차라리 잘됐다 싶었다. 모든 의욕이 사라져 버렸다. 블랑시처럼 "낯선 사람의 친절"에 몸을 맡긴 채, "욕망이라는 이름의 전차"를 타고 어디든 따라가고 싶었다.

　혼자 목적지를 정하고, 짐을 꾸리고, 헤매었던 지난날들이 몹시도 피로해졌다. 한때는 그 모든 걸 자유라 불렀지만, 이제는 그가 누구든 낯선 사람일지라도, 인도하는 대로 따라가고 싶었다. "자, 당신 인생의 다음 역은 이 방향입니다. 이 길로 따라오세요. 안전할 거예요. 저만 믿어요." 쓰다 만 글들은 컴퓨터 메모리 속에 밀어 넣어 두고 잊으려 했지만, 잊히지는 않았다. 불면의 밤들은 길어지고, 무심한 날들이 지나갔다.

사랑이 끝났음을 사회적으로 인정받기란 지난하고도 잔인했다. "숙려 기간이 필요하니 3개월 뒤에 다시 오세요." 하지만 가정 법원 판사 앞에 죄인처럼 나란히 서서 판결문을 듣는 시간은 3분도 되지 않았다. 법원 문을 나서는데 피식 웃음이 나왔다. 그리고 '우리'는 법원 앞 어느 설렁탕집에서 말없이 설렁탕을 한 그릇씩 먹고 헤어졌다. 마지막 식사였고, '우리'는 이제 더 이상 '우리'가 아니었다.

끝난 사랑 뒤에 다시 사랑이 시작되었다. 사랑만 했다. 지나간 사람과는 그토록 어렵던 일들이, 이제는 너무나 쉬워져서 어리둥절했다. "이 길로 따라오세요. 안전할 거예요. 저만 믿어요." 그가 말했다. 문득 다시 글이 쓰고 싶어졌다. 다시 돌아온 여름 어느 새벽, 닫아 두었던 파일을 다시 열었다. 가식적인 형용사, 허위적인 부사들을 지워 나갔다. 어디선가 읽고는 흉내 내려 했던 어색한 문장들도 지웠다. 그렇게 지워 나가다 보니 각기 다른 연극 이야기 속에서 재처럼 남은 사랑을 발견했다. 마치 우리 생의 모든 걸 지우고 지우더라도, 사랑이라는 두 글자만 불씨가 되어 남는 것처럼. 이런, 난 사랑을 잘 모르는데. 그래서 이 글들은 사랑 앞에서 방황했던 기록이다. 기형도 시인은 "나의 생은 미친 듯이 사랑을 찾아 헤매었으나, 단 한 번도 스스로를 사랑하지 않았노라."[1]라고 했지만 나는 미치도록 사랑을 찾아 헤맨 적도 없고, 그렇다고 나를 사랑하지도 않았다. 그래서 벌을 받은 걸까. 하지만 연극을, 그 무대만은 사랑했다. 진심으로.

1년 전 쓴 글을 다시 마주하는 마음이란, 문장으로 붙잡아 두지 못한 장면을 기억 속에서 놓쳐 버려 아쉬워했던 연극을 다시 보는 것과도 같았다. 왜곡된 기억 속에서 시간과 함께 엉켜 버린 장면들은 처음 보는 것처럼 생경했다. 돌이켜 보니 연극을 본다는 것은 늘 그랬다. 보고 잊고, 다시 보고, 또 잊고. 그러니 연극은 태생적으로 망각의 예술인가. 연극은 하루만 산다. 같은 희곡, 같은 무대, 같은 배우일지라도, 어젯밤 보았던 연극이 오늘과 같을 수 없다. 내겐 사랑도 그랬다. 어제의 사랑이 오늘과 같을 수 없다고 생각했다. 영원한 사랑의 맹세 앞에서 난 언제나 등 돌렸다. 영원한 사랑이라니, 참으로 가볍거나 못 견디게 무거웠다. 영원한 건 없어. 처음에 빛나던 모든 것들은 시간과 함께 초라해졌다. 엄마의 자랑거리 혼수였던 그 희디흰 냉장고는 부엌 한편에서 서서히 누렇게 색이 바래 가고, 아빠의 날쌘 제비

같던 검은색 세단도 차고 속에서 어쩐지 맥이 없어져 갔다.

사람들은 늘 사랑의 마지막보다 그 시작을 더 궁금해한다.

"어떻게 만났어요? 어떻게 사랑에 빠진 거예요?"

"갑자기 비가 쏟아져서 골목 귀퉁이에 있는 작은 카페에 들어갔어요. 매일처럼 무심히 지나치던 그 카페를요. 전 커피를 못 마시거든요. 그런데 그가 거기 있었어요. 우리는 단번에 서로를 알아봤고, 사랑에 빠졌어요. 마치 기적처럼요."

하지만 나는 늘 궁금했다. 사람들이 사랑을 이야기할 때 두려워하는 사랑의 마지막을. 영원할 것처럼 사랑을 이야기하는 그들의 뒤에도 이별의 그림자가 바짝 붙어 있음을 난 보았으니까.

사랑의 뒷모습만 좇으며 글을 쓰기 시작했다. 사랑의 시작을 궁금해하는 사람들에게 "결국 그들은 오래오래 행복하지 않았답니다." 하고 잔인하게 웃어 주고 싶었다. "자, 여기 좀 봐요. 사랑이란 이런 거라고요." 이별로 고통스러웠던 시간들을 견디기 힘들면 연극 속으로 도망쳤다. 천천히 희곡의 지문 사이를 배회하다가, 어느 배우의 입에서 글이 말로 발화되는 장면을 떠올리고, 그것이 나의 삶 속으로 들어오는 순간 도래하는 그 깊은 위무의 밤들을 생각한다. 이제 나는 용기를 낸다. 사랑의 시작에 귀 기울일 용기, 다채로운 사랑 앞에서 등 돌리지 않을 용기, 사랑이란 각기 다른 모습

으로 완성된다는 깨달음. 여기, 사랑 앞에서 방황했던 나를
치유한 아홉 편의 연극 이야기가 있다. 사랑이 있다.

하지만 사랑이라고 쓰고 나니, 다음엔 아무것도 못 쓰겠
다.*

최여정

---

* 이 책을 쓰면서 가장 먼저 떠오른 문장이다. 출처는 다자이 오사무
의《사양》. 이 책의 〈나 자신으로 사랑받길 원해요〉와 〈너와 나, 이별
의 '사이'〉에도《사양》속 문장이 등장한다.

차례

기다림이 마르길
기다린다

— 장 라신, 《페드르》

미칠 듯한 사랑으로, 나는 온몸이 불타고 있다.
사랑하고 있어. 아, 숙명의 그 이름!
떨린다, 두렵다, 몸서리쳐진다. 나는 사랑에 빠졌다.
_페드르

"작년 9월 이후로 나는 한 남자를 기다리는 일, 그 사람이 전화를 걸어 주거나 내 집에 와 주기를 바라는 일 외에는 아무것도 할 수 없었다."[2]

그가 떠난 뒤, 아니 에르노Annie Ernaux의 《단순한 열정Passion Simple》을 다시 읽었다. 기다림이 이토록 끔찍한 고통임을 알고 있는 누군가를 찾아야 했다. 그가 떠난 빈집에서 나는 '에르노'를 떠올렸다. 그토록 솔직하게 한 남자와의 사랑과 이별을 고백한 그녀의 글이 아니었다면, 어쩌면 나는 그 밤을 견디지 못했을 것이다. 프랑스어로 'passion'은 우리말로 '열정'이라는 뜻과 함께, 예수가 십자가에서 겪은 '고통'을 의미한다지. 열정을 쏟은 만큼 고통을 겪으리라. 그러니 이 모든 건 응분의 대가다.

그의 전화벨 소리를 못 들을까 진공청소기나 헤어드라이어도 사용하지 못하고, 수화기 너머 들려오는 목소리가 다른 사람이면 증오심이 일어날 정도였다가, "나야."라는 그 사람의 목소리를 확인하는 순간 숨이 멎을 듯 "제정신을 잃었다가 정상으로 돌아오는" 그런 기분.

나는 에르노의 사랑에 안도했다. 사랑에 미쳤던 건 나만이 아니었어. 소포클레스는 그의 '미완 유고'에서 사랑을 이렇게 노래한다. "사랑은 죽음, 불멸의 힘, 그리고 미쳐 날뛰는 광기, 순수한 욕망, 그리고 슬픔".[3] 미칠 듯한 사랑. 종종 우리는 사랑을 광기에 비교한다. 고대 그리스에서 사랑은 일반적으로 고통이자 병이고, 광기였다. 철학자 플라톤은 이성을 통한 절제가 행복한 삶의 통로이니 합리적인 이성으로 감정을 통제하라며 '이성론'을 주장했지만, '신이 준 것 중 가장 좋은 선물'이 광기라고도 했다.

《단순한 열정》. 책의 제목과는 다르게, 에르노가 기록한 열정은 그리 단순하지 않다. 그녀는 러시아 외교관이었던 유부남을 사랑했다. 자아 정체성을 찾는 집요한 탐색과 대담한 자기 고백적 글쓰기를 하는 작가가 사랑 이야기라니, 그것도 불륜을. 떳떳이 밝힐 수 없는 그 가장 내밀한 관계를 어디까지 이야기할 수 있을까. 그렇게 사랑의 감정을 낱낱이 기록한 글들이 있었던가. 에르노가 책의 첫 장에서 이야기하듯, 우리는 넘쳐나는 포르노를 통해 "성기의 결합이나 남자의 정액"을 "거리에서 악수를 나누는 장면만큼"이나 쉽게 볼 수 있는 세상에 살고 있다. 카메라 앞에 연출된 육체의 결합은 말초 신경을 자극할 뿐이다.

에르노의 글은 감정의 포르노라고 할 수도 있겠다. 그동안 에르노가 가족사를 바탕으로 쓴 작품들에는 박수를 보내던 사람들도《단순한 열정》은 이런 비밀스러운 사랑의 규칙을 위반한 작가의 노출증에 불과하다며 비난했다. 하지만 나는 그녀의 글에서 깊은 위안을 얻었다. 지구상의 동물 중에서 오직 인간만이 사랑을 나누는 행위 중에 얼굴을 마주 본다. 에르노는 이렇게 두 사람만이 알고 있는 사랑의 몸짓과 언어, 기억을 통해 그녀에게 다가온 감정들을 담담하게 써내려간다. 사랑이란 객관화되는 순간, 애처로움만 남는다. 하지만 타인의 사랑을 통해 내 사랑의 서투름, 어리석음이 나만 겪는 고통이 아님을 알게 된다.

《단순한 열정》은 세상이 말하는 금지된 사랑 이야기다. "여러 가지 제약이 바로 기다림과 욕망의 근원이었다."라는 에르노의 말처럼, 애욕의 여신 아프로디테는 이미 인간의 욕망을 너무나 잘 꿰뚫고 있었다. 사랑이라는 불꽃에 금기라는 기름을 부으면 더욱 불타오르리라는 것을. '페드르'의 사랑의 광기는 바로 여기에서 비롯된다. '양아들에 대한 금지된 사랑'.

많은 그리스 비극이 사랑의 광기에 대해 노래한다. 그중 에우리피데스Euripides는 사랑의 광기에 사로잡힌 전설적인 여인들을 그려 냈다. 배신한 남편을 향한 분노와 복수심으로 자식을 죽이는 '메데이아', 전처의 아들을 사랑하는 욕망에 몸을 던지는 '페드르'까지, 에우리피데스 비극의 여주인공들은 고대 그리스인들이 인간의 삶을 지배한다고 믿었던 로고스Logos, 이성의 원리를 깨부순다. 그녀들의 삶은, 인간은 단지 파토스Pathos, 비이성적 감정에 압도당할 운명을 지니고 태어나는 가련한 존재임을 외치는 듯하다. 아무리 뛰어난 지성을 가진 인물일지라도 사랑의 불합리함 앞에는 무릎을 꿇는다. 이성적으로는 설명할 수 없는 행동과 언어 들. 과연 사랑의 여신 아프로디테의 힘은 막강하다.

고대 그리스 시인 헤시오도스Hesiodos가 쓴 그리스 신들의 계보《신통기Theogonia》에 따르면, 대지의 여신 가이아는 자신의 아들이자 남편인 우라노스가 둘 사이에서 태어난 아이들을 두려워하여 지하 감옥 타르타로스에 가두자 분노한다. 그중 가장 영민한 아들 크로노스가 어머니 가이아의 뜻대로 그녀의 음부 속에 숨어 있다가, 아버지 우라노스의 성기를 절단해서 바다로 던져 버린다. 그러자 거품이 힘차게 뿜어 올랐고, 그 속에서 아프로디테가 태어났다. 끔찍한 복수 속에서 태어난 그 놀라운 생명력. 사랑의 결핍 속에서 태어난 아프로디테는 그래서 끊임없이 사랑을 찾아 헤매었나. 아프로디테와 사랑에 빠지면 신들도 분별을 잃었으니,

사랑을 이겨 낸 인간은 없다. 그래서 사랑은 병이다.

* * *

퍼킨스   라라라라 라라라라, 라라라라 라라라라,

잘 있거라, 바다여.

인정하자, 그녀는 날 사랑했었어.

라라라라 라라라라, 라라라라 라라라라,

오! 제바스티안 바흐여! 어디에 계신가요?

모두 다 당신 음악에 미쳐 있어요.

나도 그리스에서 당신을 듣고 있지요.

아버지를 죽이러 온 이 그리스.

아! 페드르! 페드르…!

바흐가 작곡한 '토카타와 푸가Toccata & Fugue In D Minor, BWV 540'의 전율하듯 흐느끼는 파이프 오르간 선율이 멀리서 들려온다. 이윽고 귀를 찢을 듯한 앤서니 퍼킨스의 절규, 페드르, 페드르! 그리스 수니온 곶을 배경으로 위태롭게 굽이치는 해안 도로를 따라 무섭게 질주하던 차는 그대로 절벽 아래로 곤두박질친다. 아마도 많은 이들에게 페드르Phèdre라는 이름은 영화 〈페드라Phaedra〉의 마지막 장면으

로 강렬하게 기억될 것이다. 한국에서는 1962년 〈죽어도 좋아〉라는 제목으로 개봉됐지만, 저 원색적인 제목 대신, 다행스럽게도 앤서니 퍼킨스가 외치던 '페드르'의 이름이 많은 이들의 기억 속에 살아남아 있다. 연극으로, 영화로, 그리고 오페라까지 제작되었지만 그중 가장 대중적인 인기를 얻은 작품은 줄스 다신Jules Dassin 감독의 영화 〈페드라〉다.

앤서니 퍼킨스와 멜리나 메르쿠리 주연의 이 오래된 흑백 영화는 지금 다시 보아도 아름답다. 장 라신의 《페드르》를 원작으로 하는 영화 〈페드라〉는 기원전 그리스 왕가의 이 오래된 비극을 현대 그리스로 배경을 옮겨 놓는다. 양아들을 사랑한 어머니, '페드르'는 기원전 428년 에우리피데스 비극의 주인공으로 등장해서 고대 로마 철학자 세네카, 그리고 17세기 프랑스 작가 장 라신까지 불멸의 숨결을 불어넣으며 2500년간 그 이름이 불렸다. 라신은 처음에는 《페드르와 이폴리트Phèdre et Hippolyte》라는 두 사람의 이름을 제목으로 나란히 올려놓았는데, 개정판부터 《페드르》로 제목을 바꾸어 놓았다. 왜 그랬을까. 라신은 《페드르》의 서문에서 그녀를 위해 이렇게 변호한다. "사실상 페드르는 완전하게 유죄도, 완전하게 무죄도 아니다." 라신은 페드르가 영원히 혐오감을 주는 여자이길 원치 않았다.

페드르 당신과 둘이서 이 페드르는 미로의 밑바닥까지 내
　　　려가서 살아 돌아오는 것도 죽는 것도 오직 당신과
　　　단 둘이서만.(…)
　　　자, 똑똑히 보세요, 페드르를, 페드르의 미칠 듯한 사
　　　랑을!

　사랑의 첫 순간을 떠올려 본다. 사랑의 끝은 언제나 고통
스러웠지만, 사랑의 시작은 높이높이 내지르는 환희의 비
명과도 같았다. 이 세상 수많은 사람들 속에서 왜 너는 나에
게 사랑일까. 이 땅에서 온 인류가 사라질 때까지 풀 수 없
는 비밀. 페드르가 양아들 이폴리트를 사랑하는 일이 신의
저주였다면, 우리가 누군가를 사랑하는 것도 불가해한 신
의 일인가. 그래서 내게 사랑이란, 어느 날 눈을 떠 보니 한
번 들어가면 다시는 나올 수 없다는 미노스 왕 미궁의 한가
운데에 당신의 손을 쥐고 덩그러니 서 있는 막연함과 두려
움, 그리고 함께 미궁을 탈출하는 작은 희망. 당신을 사랑하
게 됐어요. 그저 그렇게 됐어요. 우리가 함께 출구를 찾을 수
있을까요.
　페드르가 왜 그토록 뜨거운 여자인지를 신화는 이미 운

기다림이 마르길 기다린다

명처럼 예고해 둔다. 페드르의 아버지는 황소로 변신한 제우스가 페니키아 공주 에우로페Europe를 크레타로 납치한 후 잉태시켜 탄생한 미노스다. 이 이야기는 르네상스를 대표하는 이탈리아 화가 티치아노Tiziano Vecellio에게 영감을 주어 〈에우로페의 납치〉라는 명작으로 탄생된다. 그림 속 에우로페는 옷매무새를 가다듬을 새도 없이, 하얀 가슴을 훤히 드러낸 채 황소의 등에 위태롭게 실려 끌려간다. 저 멀리 육지에는 안타까운 듯 소리치는 사람들이 보이지만, 그녀는 이미 바다 한가운데에 있다. 그림자가 짙게 드리워져 가려진 에우로페의 두 눈은 공포로 활짝 열려 있다. 그녀의 운명은 어떻게 될까. 티치아노 역시 사랑에 몰두한 화가였다. 그는 스페인 왕 펠리페 2세를 위해 그리스 로마 신화 속 신들의 사랑을 주제로 여섯 점의 연작을 완성했는데, 〈에우로페의 납치〉가 그 마지막 작품이다. 욕정에 눈이 먼 제우스에게 납치되는 비극의 주인공이지만, 훗날 에우로페의 이름은 '유럽Europe'이라는 지역명의 기원이 되고, 그녀는 유럽인들이 그리스에서 자신의 근원을 찾는 태곳적 어머니로 남는다.

이렇게 신과 인간의 결합으로 탄생한 미노스는 인류 최초의 문명을 꽃피우는 강성한 크레타의 왕이 된다. 이런 미노스 왕의 부인이자 페드르의 어머니 파시파에 가문 역시

만만치가 않다. 파시파에는 태양신 헬리오스와 대양신大洋
神 오케아노스의 딸 페르세 사이에서 태어났다.

미노스는 한번 들어가면 다시는 출구를 찾을 수 없는 미
궁, 라비린토스Labyrinthos를 만든 왕으로도 유명하다. 그 미
로에는 몸은 인간이요, 머리는 황소인 반인반수 괴물 미노
타우로스가 갇혀 있다. 바로 왕비 파시파에가 황소에 욕정
을 느껴 짝짓기로 태어난 괴물이다. '페드르'는 이폴리트를
향한 자신의 들끓는 욕망의 근원에는 자신에게 어머니 파
시파에의 피가 흐르기 때문이라며 자책한다. 하지만 페드
르도, 그녀의 어머니 파시파에도 잔인한 신들의 장난에 표
적이 되어 빠져나올 수 없는 굴레에 갇혔을 뿐이니, 모녀에
게 지워진 운명은 처음부터 거스를 수 없었던 것. 사랑이 그
렇듯이.

사정은 이렇다. 황소로 변신한 제우스에게 꾀여 크레타
로 끌려온 에우로페는 아들 미노스뿐만 아니라 사르페돈,
라다만티스까지 낳는다. 아들이 셋이나 있는 그녀를 보살
펴 준 건 제우스가 아니라 크레타의 왕 아스테리오스였다.
그는 죽으면서 친자식처럼 키운 세 형제에게 왕위를 물려
주게 되는데, 왕위 계승 문제를 놓고 싸움이 벌어졌다. 미노
스는 아스테리오스가 자신에게 왕권을 넘겼다고 주장하면
서 증거를 하나 제시한다. 자신이 기도를 올리면 바다의 신

포세이돈이 제물로 바칠 황소를 직접 보낸다는 것. 사실 미노스는 포세이돈과 사전에 약속을 해 둔 것이다. 자신이 왕위에 오를 수 있도록 포세이돈이 황소 한 마리를 보내 준다면, 다시 포세이돈을 위해 그 황소를 제물로 바치겠다고 말이다. 미노스의 기도를 들은 포세이돈은 하얀 황소 한 마리를 보내고, 마침내 미노스는 크레타의 왕이 되었다.

하지만 미노스는 약속을 지키지 않았다. 흰 황소가 탐이 난 그는 약속을 어기고 다른 황소를 대신 보냈다. 격노한 포세이돈은 외친다. 파시파에 왕비는 흰 황소를 미칠 듯이 사랑하게 되리라. 끓어오르는 욕정으로 가득한 그녀는 결국 크레타의 전설적인 장인 다이달로스에게 달려가 부탁을 한다. "저 수소를 감쪽같이 속이고 교미를 할 수 있도록 나무를 깎아 암소를 하나 만들어다오. 그 안에 들어가 내 온몸으로 수소를 맞겠다."

다이달로스가 파시파에의 수간獸姦을 돕는다는 이 기괴한 이야기는 그리스와 로마 시민들에게 끝없이 회자되었고, 마치 주홍 글씨의 낙인을 찍듯 그림과 공예품 등에 새겨진다. 미노스 왕의 부인 파시파에는 결국 몸은 인간이요, 머리는 황소인 사내아이를 낳는다. 이 괴물이 바로 훗날 미궁에 갇힐 운명을 타고난 미노타우로스다. 미노스 왕은 끔찍한 충격을 받는다. 왕비의 해괴망측한 욕정도 세상 부끄러운 일이었지만, 더욱 큰 문제는 미노타우로스가 자라면서 사람을 잡아먹는 괴물이 되어 가는 것이었다.

미노스 왕은 교묘한 솜씨로 목조 암소를 만들어서 왕비를 도운 다이달로스를 부른다. 그리고 이번에는 미노타우로스를 가둘 미궁을 만들어 달라고 부탁한다. 한번 들어가면 다시는 나올 수 없는 곳. 이것이 바로 저 유명한 미궁, 라비린토스다.

해마다 아테네 출신의 젊은 남녀가 미노타우로스의 제물로 바쳐져 출구를 찾지 못하고 희생을 당하게 되는데, 그 고리를 끊는 인물이 나타난다. 바로 영웅 테세우스다. 그는 미노타우로스를 죽이고 당당하게 미궁을 빠져나온다. 테세우스가 입구에 미리 묶어 놓은 실뭉치를 따라 미궁을 빠져나온 이야기는 유명하다. 테세우스에게 이 지혜를 준 인물은 미노스와 파시파에 왕비의 장녀 아리아드네다. 모든 영웅 이야기의 결말처럼 테세우스와 아리아드네가 결혼해서 행복하게 오래오래 살았냐고? 그렇지 않다. 테세우스는 아리아드네의 동생 페드르를 선택한다. 그러고는 페드르를 데리고 펠로폰네소스로 돌아와 아테네의 왕이 된다.

페드르 욕된 피를 이어받은 여자들의 마지막 살아남은 여자로서, 가장 비참한 여자로서 나는 죽어 갈 것이다.

에논느 사랑을 하고 계신 겁니까?

페드르 미칠 듯한 사랑으로, 나는 온몸이 불타고 있다.

테세우스가 미노타우로스를 죽이고 영웅이 되는 것을 도운 것은 아리아드네였지만, 아테네 여왕의 왕관은 페드르의 머리 위에 올려졌다. 하지만 그녀의 행운은 여기까지였다. 테세우스는 전쟁으로 집을 떠난 지 오래. 바람결에 실려 오는 이야기들은 테세우스와 수많은 여자들의 염문이었다. 페드르는 유모 에논느에게 고백한다. 양아들 이폴리트를 향한 사랑을. 어머니 파시파에의 욕된 피가 흐르고 있고, 아프로디테의 잔인한 복수에서도 벗어날 수 없으니, 양아들 이폴리트를 사랑할 수밖에 없다.

고대 그리스에서 신들은 인간과 함께 살았다. 끊임없이 인간의 삶에 개입하고, 운명을 이끌었다. 인간을 질투하고, 사랑하고 복수했다. 가끔 그 화살은 엉뚱한 희생자를 향해 날아가기도 한다. 페드르의 외할아버지인 태양신 헬리오스는 아프로디테와 아레스의 정사를 알게 되고, 이를 아프로디테의 남편인 헤파이스토스에게 알린다. 화가 머리끝까지 치민 아프로디테는 헬리오스의 외손녀인 페드르가 양아들을 사랑하도록 눈을 멀게 한다. *내 사랑을 방해하지 마.*

어머니 파시파에부터 딸 페드르까지, 어째서 그녀들은

사랑이라고 쓰고 나니 다음엔 아무것도 못 쓰겠다

신들의 복수의 도구가 되어 파멸의 희생양이 되는가. 포세이돈과 약속을 지키지 않은 이는 미노스 왕이요, 아프로디테의 불륜을 고해바친 이는 헬리오스이건만 그 저주는 왜 모녀의 비극이 되는가.

사랑의 정념에 빠진 페드르는 잘못된 가계와 운명 앞에서 괴로워하고 수치심을 느끼며 자살하려 한다. 이제 우리가 할 일은, 페드르가 이폴리트에게 고백을 한 뒤에 어떻게 자신의 운명을 마주해 나가는지 그 과정을 지켜보는 것이다. 이폴리트를 사랑하면서도 고백할 수 없는 운명 앞에 괴로워하는 페드르에게 테세우스가 죽었다는 소식이 전해진다. 남편이 돌아오지 않는다고? 페드르는 남편 테세우스의 죽음을 듣자마자, 이폴리트에게로 달려간다. 그리고 고백한다. "살아 돌아오는 것도 죽는 것도 오직 당신과 단둘이서만." 페드르에게 신의 저주는 뜨거운 사랑이 되었다.

사실 테세우스는 온갖 모험을 하며 괴물을 물리치는 영웅이기도 했지만, 머무르는 곳마다 여인들과 염문을 뿌리고 다녔다. 페드르는 오직 그와의 사랑만을 믿고 이 머나먼 땅까지 왔건만 테세우스는 그녀에게 충실하지 않았다. 남자의 사랑이 담긴 눈빛이 닿은 여자는 이미 이전으로 되돌아갈 수 없다. 떠난 이에 대한 사랑이 더욱 커지거나, 증오하거나, 둘 중 하나일 뿐.

페드르가 그토록 괴로워한 금기된 사랑의 시작은 아프로디테의 저주 때문만은 아니었다. 페드르는 오랫동안 남편이 없는 빈집에서 젊고, 아름답고, 순결한 성품의 이폴리트를 '사랑할 수밖에' 없었다. 이폴리트에게서 테세우스의 젊음을 발견했고, 두 사람이 나누던 사랑의 순간을 환기했다. 하지만 이폴리트는 이미 아리시 공주를 사랑하고 있다. 이제 더욱 비참해지는 건 페드르다. 쉽게 갖지 못하는 것일수록 미치도록 더 갖고 싶은 법이니까.

> **에논느** 왕비님은 사랑을 하고 계십니다.
>
> 인간은 자기의 운명을 이길 수는 없는 것입니다.
>
> 지금까지 사랑에 정복당한 사람이 당신 혼자만이었습니까?

페드르는 이폴리트에게 사랑을 느낌과 동시에 그녀 자신이 가장 치명적인 상처를 입었다. 어느 날부터인가 이폴리트의 뒷모습으로만 향하는 눈길, 그의 목소리에 터질 듯한 심장, 그리고 이어지는 불면의 밤들. 그는 남편 테세우스의 아들이 아니던가. 그녀는 이 사실을 누구보다 잘 알고 있었고 사랑의 감정을 가장 두려워했을 사람이었다. 죽은 줄 알았던 테세우스가 돌아오고, 모든 전말이 밝혀진 뒤 페드르는 결국 독약으로 스스로 목숨을 끊는다. 그래도 페드르는 사랑을 고백해야 했고, 살아야 했다. 이폴리트를 사랑한다는 말로 죽음을 맞아서는 안 되는 일이었다. 이폴리트가 사랑에 빠진 아리시 공주를 선택한다면 아픈 마음으로 그를 보내 주고, 페드르는 충실하지 못한 남편인 테세우스와 헤어져서 함께 미궁의 출구를 찾을 사랑을 만나야 했다. 사랑의 고백 뒤에 찾아오는 결말은 죽음이 아니라 이렇게 각자의 삶이다. 유모 에논느의 말을 다시 빌리자면, "사랑을 하는 게 무슨 죄란 말입니까?" 그래서 지금 우리가 읽는 페드르는 달라져야 한다.

* * *

오랜 세월 바람에 부식되고 구멍이 뚫린 왕궁의 거대한 석벽은 지중해 그리스의 축복 받은 푸른 하늘을 배경으로 마치 지옥문처럼 열려 있다. 간결한 무대 디자인은 오히려 얽히고설킨 배우들의 감정과 표정, 몸짓을 더욱 부각시킨다. 2009년, 영국 국립극장이 시작한 공연 영상 생중계 프로젝트 NT Live의 첫 상영작이 바로 이 《페드르》다. 우려와 기대감이 가득한 관객들이 연극을 보기 위해 공연장이 아니라 첼시 영화관으로 향했고, 무대 대신 스크린을 마주하고 앉았다. 1971년부터 2019년까지 장장 48년간 〈가디

언The Guardian〉지에 연극 평론을 기고하며 그야말로 영국 공연 예술계의 산증인이라 기억될 만한 마이클 빌링턴Michael Billington은 이 순간을 이렇게 기록했다. "나는 놀라운 결론을 얻었다. 영화관에서 연극을 본다는 것이, 리틀턴Lyttelton 공연장에서보다 더 나은 경험이 될 수도 있다는 것을."

공연 실황을 기록한 '공연 영상'의 역할은 코로나 팬데믹 시기를 거치며 더욱 중요하게 부각되고 있다. 국내에서도 많은 공연 예술 기관에서 공연 영상을 제작하여 선보이기도 한다. 하지만 바로 지금, 무대 위의 배우와 관객의 만남이라는 현장성으로 완성되는 공연 예술에서 대면이 사라진 영상 감상이 완전한 것인가라는 논의가 여전히 계속되고 있는 것도 사실이다. 그래도 본디 연극이란, 기원전 그리스 비극의 태동 때부터 '무대, 배우, 그리고 관객'이 함께 공존할 때 완성되었던 것처럼 연극과 공연 영상은 엄연히 다른 방식이 아닐까 생각한다. 그래도 이 책에서는 다시 보기 어려운 무대를 소환하는 방법으로, 망각의 예술을 기억하는 방법으로, NT Live 공연 영상을 중심으로 작품 소개를 하려한다.

NT Live 《페드르》는 헬렌 미렌Helen Mirren의 연극이다. 배우의 필모그래피를 볼 때 가장 먼저 관심이 가는 것이 데뷔작이다. 영화 〈더 퀸The Queen〉(2006)으로 아카데미 여우

2009년 《페드르》를 연기한 헬렌 미렌. 그녀는 끊임없이 도전하고
거듭 변화하며, 지금까지도 독보적인 명성을 지키고 있다.
© Gettyimages

주연상을, 연극《디 오디언스The Audience》(2013)로 올리비에 상과 토니상까지 수상하며 '트리플 크라운 오브 액팅'에 명예로운 이름을 올린 헬렌 미렌은 1967년 로열 셰익스피어 컴퍼니Royal Shakespeare Company에서 연기 생활을 시작했다. 그녀가 20대 때부터 연극 무대를 장악하며 이름을 날렸음은 잘 알려진 사실이다. 연기력을 인정받는 많은 배우가 연극 무대부터 성장했다는 것, 헬렌 미렌 역시 그 공식을 입증하는 배우다.

2009년《페드르》를 연기한 당시 헬렌 미렌은 환갑을 넘긴 64세였다. 여성의 나이를 이성을 유혹하는 여성성의 기준으로 삼는 건 이미 시대착오적인 일이 되어 버리긴 했지만, 이폴리트 앞에 무릎 꿇고 사랑을 호소하는 그녀의 관능미는 나이를 무색하게 한다. 여왕 역을 수차례 맡으며 기품 넘치는 연기를 인정받고 있지만, 사실 젊은 헬렌 미렌은 누드와 섹슈얼리티의 상징이었다. 많은 여배우들이 한때 성적인 기호로 등장했다가 사라져 가는 사이, 그녀는 끊임없이 도전하고 거듭 변화하며 독보적인 명성을 지키고 있다.

* * *

이 비극에 불을 붙였을 작은 불씨 하나를 찾아 끄집어내

본다. 처음부터 계획된, 양아들을 사랑하게 되리라는 아프로디테의 저주가 아니라 오랫동안 집을 비운 남편을 향한 페드르의 슬픈 기다림이다. 여자는 사랑의 믿음이 흔들릴 때 가장 위험하다. 에우리피데스도, 세네카도, 장 라신도 쓰지 않았지만, 페드르는 아마도 사랑했던 남자의 부재와 배신에 이미 오랫동안 신음했을 것이다. 그가 집으로 돌아오기만을 간절히 기다렸을 것이다. 하지만 들리는 소식은 바다 건너 멀리 어느 곳에서 남편의 영웅적인 행적 뒤에 이어지는 그의 여자들 이야기였다. 그러니 페드르는 남편 테세우스와 제대로 된 이별을 먼저 했어야 한다.

모니카 마론Monika Maron의 책《슬픈 짐승Animal triste》은 주인공이 프란츠를 만나 사랑하고, 떠난 그를 지독하게 기다리는 이야기다. 그녀는 아마 백 살쯤 됐을까. 자신의 나이도 잊은 지 오래이고 늙은 육체는 박제된 동물처럼 메말라가지만, 그녀의 정신은 프란츠와 함께했던 모든 시간을 기억하며 맹렬하게 숨 쉰다. 유부남이었던 프란츠는 짧은 사랑을 뒤로한 채 가족에게로 떠나간다. 그녀는 이제 남은 생 동안 그를 기다리는 일만 하겠다고 '결심'한다. 기다림을 결심한다는 것은 도대체 어떤 일일까. "그의 곁에 머물 수 있는 마지막 가능성"을 위해 그가 남기고 간 안경을 몇 년 동안 끼고 살며 눈을 망가뜨리기, "아직도 선명하게 남아 있는 아름다운 내 연인의 정액 흔적"을 다시 보기 위해 침대 시트를 빨지 않고 보관하기.

나는 사랑을 떠나보낸 뒤 이런 기다림은 하지 않을 것이다. 밤을 보내고 새벽녘을 맞으며 제일 먼저 할 일은 깨끗한 침대 시트로 갈아 끼우고, 그가 남긴 안경을 버리는 일. 그 뒤에도 내 마음에 고인 기다림이 있다면 마를 때까지 두는 일. 기다림이 마르기를 기다린다. 그래서 나는 에르노의 기다림을 지지한다. 그녀는《단순한 열정》을 쓰고 난 뒤에도 다시 뜨겁게 사랑을 맞이했고, 이별하고, 다시 기다리는 일을 반복했으니. 나의 기다림은 오직 한 사람에게만 종말을 맞을 일이 아니다.

언제나 그렇듯 사랑이 끝난 뒤의 상실감은 더욱 가혹하다. 페드르는 남편도, 이폴리트도 동시에 잃었다. 언제나 지나간 사랑 뒤에 밀려오는 후회와 미련보다 나를 괴롭히는 건 자책감이다. 모든 이별의 책임은 나에게 있는 것 같다. 그럴수록 자아는 형편없이 쪼그라들어 간다. 이번엔 이별 뒤의 기다림이 찾아온다. 사랑을 하는 동안의 기다림은 나의 모든 것을 태워 그에게 바치는 희생제와 같다면, 이별 뒤 기다림은 그 잿더미 속에서 나의 살과 뼈를 추려 내는 과정이다. 다시는 걸려 오지 않을 그의 전화를 기다리면서 서서히 나의 존재를 인식한다.

긴 별거 뒤, 이혼의 과정 속에서 일어난 그 모든 일들은 갑자기 닥친 자연재해 같았다. 모든 걸 재로 바꿀 듯한 뜨거운 불길, 아니면 모든 걸 쓸어가 버릴 듯한 거센 물결. 나는 좌초된 배와 함께 무력하게 가라앉고 있었다. 도와주세요, 외칠 수도 없었다. 하지만 사랑의 시작처럼, 이별도 내가 선택한 일.

오손 웰스가 일러 주었듯이 해피 엔딩인지 아닌지는 어디서 이야기를 끊느냐에 달려 있다. *내 이야기는 여기에서 끝나지 않아.*

페드르(Phèdre)

♦ 장 라신(Jean Racine)
♦ 1677년 파리 브르고뉴 호텔 극장 초연

사랑이라고 쓰고 나니
다음엔 아무것도 못 쓰겠다

아테네의 왕비 페드르는 오랜 시간 전쟁터에서 돌아오지 않는 남편 테세우스를 기다린다. 그러던 중 어느 날부터 의붓아들 이폴리트에게 사랑을 느낀다. 남편에 대한 죄의식과 이폴리트를 향한 사랑 사이에서 괴로워하던 그녀는 죽음으로 명예를 지키려 하는데, 그 순간 테세우스가 전사했다는 소식이 도착한다.

페드르는 곧장 이폴리트에게로 향한다. 그리고 사랑을 고백한다. 하지만 여자에게 냉담하기로 유명한 그의 마음은 이미 적국의 왕녀인 아리시의 것이었다. 수치심에 죽음을 택하려던 페드르를 살려낸 건 유모 에논느였다. 마침 테세우스가 무사귀환하고 페드르는 남편 앞에서 자신의 명예를 더럽히게 됐음을 탄식하지만, 유모 에논느는 모든 죄를 이폴리트에게 뒤집어씌우겠노라고 말한다. 그러고는 이폴리트가 페드르를 유혹했다는 거짓말을 한다. 유모 에논느의 거짓말을 들은 테세우스는 격노한다.

하지만 이폴리트는 마지막까지 순결한 태도로 페드르의 고백과 에논느의 거짓에 대항하지 않는다. 아버지에게 직접 모든 것이 거짓이라며 결백을 밝힐 수 있었건만, 이폴리트는 이 기회를 그저 넘긴다. 테세우스의 명령대로 추방을 당한 이폴리트는 끝까지 이 맹세를 지키고, 바다 괴물과 싸우다가 처참하게 목숨을 잃는다. 죄책감에 시달리던 페드르도 테세우스에게 모든 진실을 밝히고 독약으로 목숨을 끊는다.

나 자신으로
사랑받길 원해요

— 에드몽 로스탕, 《시라노 드 베르주라크》

난 내 안에 경쟁자를 모시고 다니는 데 지쳤어요!
그래요, 나 자신으로 사랑받길 원해요.
아니면 아무것도 받지 않든가!
말하세요, 둘 중 하나를 선택하라고!
  _크리스티앙

'오늘 뭐처럼 참 즐거웠습니다. 함께 식사한 스테이크도 괜찮았죠? 그 집이 그래도 소문난 맛집이더라구요. 두통이 있다고 하셨는데, 얼른 낳길 바래요. 오늘 만나 봬니, 성격이 문안하셔서 전 너무 좋습니다. 하하하! 주말에 혹시 시간되시나요?'

나는 그가 보낸 문자에 답을 하지 않았다. 나는 '모처럼' 즐겁지도 않았고, 문자를 보고 나니 두통이 '낫질' 않아서 약을 먹어야 했고, 보기보다 '무난한' 성격도 아니고, 그를 만나 '뵈니' 더욱 내 스타일이 아니어서. 무엇보다 맞춤법은 도대체 몇 번이나 틀린 거니. 저 짧은 문장에 다섯 번은 너무 하잖아.

우리는 이제 SNS로 다양한 관계를 시작한다. 같은 취향을 가진 사람을 만날 수도 있고, 업무에 필요한 네트워크를 찾을 수도 있다. 또 누군가는 연인을 찾아 첫 데이트를 제안하고, 사랑을 고백하고, 이별을 통보하기도 한다. "결혼 애플리케이션에서 남자 친구를 만났어."라는 친구의 말이 "신촌 나이트에서 헌팅하다 그를 만났어."라는 말처럼 가볍게 들릴 때가 있었다. 하지만 사랑의 경중이 어디 있을까. 나이트 헌팅으로 만난 남자와 결혼한 친구는 아들딸 낳고 사랑하며 잘만 살더라.

> "오늘날 스마트폰을 가졌다는 것은, 24시간 연중무휴로 영업하는 싱글 전용 클럽을 주머니에 넣고 다니는 것과 마찬가지입니다. 하루 중 언제든지 버튼 몇 개만 누르면 잠재적 연애의 망망대해 속으로 풍덩 빠질 수 있게 된 거죠."[4]

'SNS 시대의 낭만적 사랑과 사회'라는 부제가 붙은 아지즈 안사리의 《모던 로맨스》는 현대인들의 새로운 사랑 찾기와 완성에 대해 이야기하는 흥미로운 책이다. 그의 말처럼 우리는 언제든 연애와 결혼 상대를 발견하거나, 동시에 불륜의 가능성도 위태롭게 열려 있는 SNS의 망망대해 속에 살고 있다. 할아버지가 '집안 어르신 소개로 얼굴도 보지 않고 결혼한 이웃 마을 옆집 순이'가 우리 할머니였다니. 60년을 함께 산 노부부의 이 믿을 수 없는 연애담은 이제 전설이 되어 가는 시대다. 하지만 잊지 말자. 버튼 몇 개만 누르면 도달하는 연애의 망망대해에서 외로움으로 부서진 내 난파선을 구조해 줄 구조선을 만나 안전하게 상륙하는 것은 생각보다 쉽지 않다. 적어도 첫 데이트 고백을 카톡으로 보낼 때 맞춤법은 틀리지 않아야 그녀와 만날 가능성이 조금은 커진다.

SNS의 가공할 만한 위력을 인정하지만, 나는 늘 믿어 왔다. '편지와 '술'이 없었다면 인류의 사랑은 소멸했을지 모른다고. 편지가 없었다면 내 마음을 몰라주는 당신에게 어떻게 고백의 말을 할 것이며, 술이 없었다면 당신의 입술에 어떻게 키스할 수 있었을까. 그렇게 사랑의 진전에는 편지와 술이 함께했다. 하지만 편지로 사랑을 고백하는 사람들이 줄어들고 있다. 그 자리는 천리안 메일이 대신하더니, 삐삐의 숫자로 사랑을 말하고, 이제는 지하철 의자에 앉아 카톡으로 문장을 완성해서 광속으로 내 마음을 보낸다. 그 빨라지는 속도만큼이나, 사랑의 불꽃은 쉽사리 식어 버리지는 않는지.

천천히 그 사람을 마음에 담아, 불면의 밤들 속에서 길어 낸 사랑의 말들이 깊어져만 간다. 쓰고 지우기를 반복하며 글이 완성되면 어느새 새벽이 밝아 오고, 몇 번이고 다시 읽어 내려가는 글들에 얼굴이 붉어진다. 어쩌면 그 글이 당신의 마음에 가 닿지 못 할지라도, 적어도 맞춤법이 틀릴 일은 없었겠지. 카톡으로 쓰는 100자 내외의 고백은 참으로 간편하지만, 광속으로 보내는 마음의 속도만큼이나 잊는 것도 빠르다. 그러니 그에게 답을 하지 않는 내 마음도 쉽다.

* * *

"이렇게 편지 드립니다. 더 이상 무슨 말이 필요할까요?
더 이상 제가 무슨 말씀을 드릴 수 있을까요?"[5]

많은 문학 작품 속에서, 연애편지의 역사는 유구하다. 어떤 편지는 사랑의 환희를, 또 어떤 편지는 잔인한 고통의 불길 속으로 던져 넣기도 한다. 알렉산드르 세르게예비치 푸시킨Alexander Sergeyevich Pushkin의 소설《예브게니 오네긴 Evgenii Onegin》의 주인공 오네긴과 타티아나의 엇갈린 사랑은 편지로 전해진다. 오네긴을 향한 사랑의 마음으로 긴 편지를 써내려가는 타티아나는 새벽을 맞이하고, 두렵고 설레는 마음으로 답장을 기다린다. 하지만 이 편지는 비극의 서막이었다. 오네긴은 타티아나의 사랑을 잔인하게 거절하더니 그녀의 여동생을 희롱한다. 훗날 오네긴이 뒤늦은 후회와 함께 타티아나의 사랑을 되찾기 위해 선택한 것도 편지였다. 자신이 타티아나에게 그랬듯이, 대답 없을 편지임을 알지만 그래도 그는 쓴다.

가장 사적인 말들, 연애편지. 하지만 나의 내밀한 기록들

사랑이라고 쓰고 나니 다음엔 아무것도 못 쓰겠다

은 내 손을 떠나는 순간, 받는 이의 것이 되고 공개되기도 한다. 주로 유명인이 불륜 상대에게 보낸 연애편지들이 화제가 되어 전해지는데, 그 은밀한 내용들을 훔쳐보는 것은 흥미롭다. "연애는 편지로만 하게. 적어도 문장력은 향상되니까." 노벨 문학상과 오스카상을 모두 수상한 유일한 인물이자, 도전 정신으로 한평생을 살았던 조지 버나드 쇼George Bernard Shaw는 자신의 말을 증명하듯 연애편지도 30년을 넘게 이어 갔다.

쇼 역시 부인이 있는 유부남이었지만, 그는 당대 최고의 여배우 엘렌과 30년이 넘는 시간 동안 편지로만 연애를 했다. 이 비밀스런 연인은 불과 20여 분 남짓 거리에 떨어져 살면서도 동네에서 혹시나 마주치지 않을까 서로 조심하며 길을 나설 정도였다고 한다. 실제로 만남이 이어지면 서로에게 실망할까 봐. 알베르트 아인슈타인Albert Einstein도 달아오르는 마음을 전할 땐 편지를 선택했다. 그는 아내가 두 번째 아이를 임신했을 때, 첫사랑 마리 빈텔러Marie Winteler에게 편지를 보냈다. "매 순간 당신을 생각하오. 나는 불행한 남자요."

가장 정열적으로 연애편지를 쓴 이는 시몬 드 보부아르 Simone de Beauvoir였다. 실존주의 깃발을 높이 들고 페미니즘 전사로 앞장섰던 그녀였지만 사랑은 언제나 뜨겁게 다가왔고, 관능적인 언어로 연인에게 사랑을 전했다. 장폴 사르트 르Jean-Paul Sartre와 계약 결혼을 한 이후에 만난 두 명의 남 자. 보부아르는 미국 강연 여행에서 만난 미국 작가 넬슨 올 그런Nelson Algren과 20여 년간 수백 통의 편지로 사랑을 속 삭이는 중에도, 18세 연하의 프랑스 영화감독 클로드 란츠 만Claude Lanzmann에게 112통의 편지를 보냈다. "널 좋아해. 내 몸과 영혼을 다 바쳐 널 사랑해. 넌 내 운명이고 내 영원 한 생명."

연인들이 주고받는 편지에는 내 마음을 어떻게 전할까, 사랑을 고백하는 말들로 가득하다. 하지만 나는 '사랑'을 말 할 때 다자이 오사무가《사양》에서 쓴 이 아름다운 한 줄을 떠올린다.

"사랑이라고 쓰고 나니, 다음엔 아무것도 못 쓰겠다."

* * *

SNS로 사랑하고 이별하는 시대지만, 여전히 연애편지는 살아남을 것이다. 그런 희망을 영화〈그녀Her〉에서 봤다. 호 아킨 피닉스Joaquin Phoenix가 연기하는 주인공 테오도르는 편지를 대필해 주는 일을 한다. 영화의 배경이 되는 시기는 분명치 않지만, 가까운 미래. 테오도르가 일하는 편지 대행 업체 역시 기술의 진보를 보여 준다. 테오도르가 편지 내용을 구술하면 음성을 인식한 컴퓨터가 모니터에 띄워진 편지지 위에 보내는 이의 손글씨체로 문장을 써내려간다. 60년을 함께 산 아내에게, 아들에게, 또 연인에게.

테오도르는 때론 마음을 설레게 하고, 때론 감동으로 눈물짓게 하는 언어로 다른 이들의 마음을 대신 전하는 일을 하지만, 정작 자신의 마음을 전하는 데는 서툴다. 그는 오랜 별거 끝에 아내와 이혼을 앞두고 있다. 하지만 이혼을 미루며 정리를 못하고 있던 테오도르는 사만다라는 AI인공 지능와 이야기를 나누기 시작하면서 서서히 '사랑'이라는 감정을 느끼고 당황해한다. 그녀의 목소리, 그녀와의 대화에서 안정감을 얻고, 다쳤던 마음이 치유된다. 영화 〈그녀〉는 현대인들의 외로움과 사랑의 관계를 보여 주는 영화다.

기술의 발전은 "내 마음을 담은 편지를 써 줘."라는 주문을 내릴 수 있는 챗 GPT를 등장시키고, "오늘 밤 난 너무 외로워."라고 말을 걸 수 있는 인공 지능 로봇 친구의 보급을 앞당기겠지만, 나는 믿는다. 누군가에게 마음을 직접 전하거나 관계 맺기가 힘들어질수록 편지라는 이 지극히 아날로그적인 도구는 계속 살아남을 것이라고.

시라노 자네 혼자 힘으로는 그녀의 마음을 잡을 수 없으리라고 걱정하니 자네 입술과 내 표현법을 결합해 보면 어떻겠어? 그러면 곧 그녀의 마음을 불타오르게 만들 텐데!

200여 년 전, 연애편지 대행업체를 했다면 큰 성공을 거두었을 한 남자가 있다. 프랑스 작가 에드몽 로스탕의 희곡 《시라노 드 베르주라크Cyrano de Bergerac》의 시라노. 사랑하는 여인 록산에게 자신의 마음을 고백하지는 못하면서, 정작 록산이 사랑하는 남자 크리스티앙을 대신해서 편지를 쓰는 주인공이다. 불의에 대항하고 용맹하며 검술에도 능할 뿐 아니라, 아름다운 시와 편지로 사랑을 표현할 수 있는 이 매력남에게 단 하나 결점이 있으니, 바로 크고 못생긴 코.

하지만 시라노의 사랑을 막는 것은 그의 흉측한 코가 아니라 스스로 느끼는 부끄러움과 심각한 자신감 상실이다. 시라노라는 인물이 흥미로운 이유는 뛰어난 검술과 정의감으로 남성들 세계에서는 그야말로 '워너비'로 인정받는 존재이지만, 사랑하는 여인 록산에게는 끝내 고백의 말을 건네지 못하는 순수함으로 무장된, 그 간극에 있다.

"난 사랑을 어떻게 표현해야 할지 모르겠어요!"라고 말하는 크리스티앙에게 시라노는 이렇게 제안한다. 편지를 대신 써 줄 테니 록산에게 고백하라고. 시라노는 자신의 흉측한 코 대신 크리스티앙의 아름다운 얼굴을 택했고, 크리스티앙은 글 한 줄 못 쓰는 마음을 시라노의 유려한 문장과 맞바꾼다. 그렇다면 록산의 사랑은 무엇을 향한 것일까. 시라노의 마음? 크리스티앙의 외모?

작가 로스탕은 일찍이 이런 사랑의 불완전성을 고민했다. 크고 못생긴 코 때문에 괴로워하는 한 남자의 지독한 사랑 이야기. 이 희곡은 우리에게 이런 질문을 던진다. 육체와 정신 중 당신을 사랑으로 이끄는 건 무엇일까. 당신이라면 육체적 비극 뒤에 가려진 시라노의 우아한 영혼을 발견하고 사랑에 빠질 수 있을까?

흥미롭게도 시라노는 실존 인물이다. 작가 에드몽 로스탕Edmond Rostand, 1868~1916은 그가 활동했던 시기보다 200여 년 전에 태어난 인물인 사비니엥 드 시라노 드 베르주라크Savinien de Cyrano de Bergerac, 1619~1655의 이름까지 그대로 가져와 그의 삶을 희곡으로 옮겼다.

파리에서 태어난 시라노는 희곡에서 그려졌듯이 뛰어난 검술로 이름을 날린 군인이자 작가로서 몇 권의 책을 출판하기도 했다. 생전에 《아그리핀의 죽음》(1653), 《젠체하는 선생님》(1654)이라는 두 권의 책을 출판했는데, 화제가 된 건 그가 세상을 떠난 후에 출판된 또 다른 두 권의 책이었다. 《달의 나라와 제국들의 희극적 이야기》, 《태양의 나라와 제국들의 희극적 이야기》라는 제목의 이 책들은 달과 태양으로 여행을 떠나는, 지금으로 말하자면 SF 소설이다. 공상 과학 소설 분야를 개척한 쥘 베른Jules Verne의 《해저 2만리》, 《80일간의 세계일주》가 1800년대 후반에나 등장했으니 이보다 200여 년이 앞선 시라노의 상상력은 가히 독보적이다. 오늘날 최고의 SF 작가로 손꼽히는 아이작 아시모프Isaac Asimov는 칼럼에서 "시라노는 당시 사람들이 생각해 내지 못한 달나라 여행법을 일곱 가지나 고안했는데, 그중 하나가 로켓을 이용하는 방법이었다."라고 썼다. 놀랍게도 시라노는 뉴턴보다 40년가량 앞서 로켓의 원리, 즉 뉴턴의 운동 제3법칙을 알고 있었다는 셈이다.

1897년 한 해가 저물어 가던 12월 28일, 파리의 포르트 생 마르탱 극장에서 초연된 이 연극은 실존했던 인물 시라노의 삶처럼 흥미진진한 '시라노'의 개성 넘치는 캐릭터에, 시대를 불문하고 흥미로운 사랑의 삼각관계가 더해져 무려 500회 연속 공연을 이어 가면서 대성공을 거두었다.

크리스티앙 난 내 안에 경쟁자를 모시고 다니는 데 지쳤어요!

그래요, 나 자신으로 사랑받길 원해요.

아니면 아무것도 받지 않든가!

사랑이라고 쓰고 나니 다음엔 아무것도 못 쓰겠다

크리스티앙은 사랑의 언어를 표현하는 데는 부족할지라도, 이 말도 안 되는 사랑의 삼각관계를 그만둬야 한다는 걸 가장 먼저 깨닫는 사람이다. 록산의 사랑은 자신이 아니라 시라노의 것이라는 걸. 크리스티앙의 편지를 기다리는 록산을 위해 편지를 대필하고, 그 편지를 전하기 위해 적진을 뚫고 매일 두 번이나 생과 사의 선을 넘는 시라노의 마음이야말로 진실한 사랑임을 알게 된다. 크리스티앙은 이 모든 사실을 록산에게 털어놓자며 막사를 나선다.

곧 이어지는 총소리, 적군의 총알에 맞은 크리스티앙은 숨을 거둔다. 사실 이 극에서 가장 비극적인 인물은 시라노가 아니라 크리스티앙이 아닐까. 시라노는 전쟁에서 살아남아 록산 곁에서 남은 생을 보내고, 결국 자신의 사랑을 전한다. 하지만 크리스티앙은 진짜 자신의 모습으로 사랑을 나눌 기회를 놓쳤다. "나 자신으로 사랑받길 원해요!"라며 록산에게 모든 걸 이야기하자고 말하는 크리스티앙이야말로 시라노보다 용감하다. 거짓으로 완성되는 사랑은 없다는 것을 알고 있었으니까.

"자유롭고 싶소, 육체의 편견에서."라는 시라노의 말처럼, 이 오래된 희곡은 추한 육체에 갇혀 있던 한 남자의 지독한 사랑 이야기다. 한편으론 나는 이 연극을 보며 사랑은 얼마나 불완전한가를 생각한다. 눈을 현혹하는 아름다운 외모도, 사랑을 전하는 언어의 유혹도, 모두 위험하다. 그러니 사랑을 발견하고 지키는 것이야말로 얼마나 기적 같은 일인지.

* * *

빈 무대에 조명이 켜지면 보이는 스탠딩 마이크 하나. 그 공간을 채울 어떤 것도 필요 없다. 이제부터 온전히 보게 될 건, 1897년 파리에서 발표된 희곡 속 인물들이 사랑하고 버림받고 외로워하는 순간. 이제부터 온전히 듣게 될 건, 희곡 속 넘실대는 언어들이 지금 살아 숨 쉬는 순간. 바로 이것이 연극의 마법이다. 2019년 11월부터 2020년 2월까지 런던 플레이하우스에 올려진 《시라노 드 베르주라크》는 영화 〈원티드〉, 〈엑스맨〉 시리즈의 제임스 매커보이James McAvoy 캐스팅으로 공연이 시작되기 전부터 큰 화제를 모았다. 스코틀랜드 출신으로 할리우드 블록버스터에 출연하며 유명세를 쌓은 그이지만, 사실 제임스 매커보이는 액션과 연기가 모두 가능한 몇 안 되는 배우다. 이런 그의 매력이 연극 무대의 완성도를 더했지만, NT Live로 중계된 이 《시라노》의 가장 독창적인 시도는 200여 년 전 초연한 이후 누구도

《시라노 드 베르주라크》에서 시라노 역할을 맡은 제임스 매커보이.
파격적이게도 시라노의 큰 코가 보이지 않는다. ⓒ AINO HAMBURG

상상하지 못한 시라노의 큰 코를 떼어 버린 것이다. 깃털 달린 모자를 쓰고 큰 칼을 휘두르며 싸우던 카데cadet, 총사들은 워커와 점퍼 차림으로 빈 무대에 등장해서 스탠딩 마이크를 잡고 랩 배틀을 한다. 이런 변화를 두고 17세기 프랑스 낭만에 향수를 느끼는 관객이라면 아쉬움을 표하겠지만, 고전은 시대에 맞게 재해석되어야 한다.

런던 플레이하우스에서는 못 봤을, NT Live에서만 볼 수 있는 선물이라면 단연 1막에서 록산을 향한 사랑의 시를 낭송하는 시라노 역의 제임스 매커보이 얼굴이 빅 클로즈업으로 서서히 줌 인zoom in 되는 순간이다. 크리스티앙을 대신해 록산을 향한 사랑의 긴 시를 읽어 내려 가는 장면, 절제된 목소리는 조금씩 떨리는 듯하지만 제임스 매커보이의 그 회색빛 눈동자 속에 고인 눈물은 끝내 떨어지지 않았다. 그 어떤 폭발하는 감정보다 더 큰 동요로 휘몰아치는 마음. 그는 결국 마지막 대사를 끝맺지 않는다. "영웅은 언제나 마지막에…"

그리고 서서히 암전.

* * *

영원한 사랑이 길이 기억되고 아름다운 것은 역설적이게

도 영원한 사랑은 인간이 이룰 수 있는 가장 어려운 일이기 때문이다. 너에게 내가, 나에게 네가 유일함을 약속해야 하기 때문이다. 영화 〈그녀〉 속, 테오도르를 향한 사만다의 사랑은 유일하지도, 영원하지도 않다. 시스템 업그레이드로 사만다가 사라지고 난 뒤에서야 테오도르는 이별을 승낙한다. 사만다와의 사랑에는 8,000명의 가입자와 나눌 수 있는 동시성이 있었다. 테오도르는 깨닫는다. 사랑의 전제란 너와 내가 하는 유일성임을. 사만다에게 내가 유일한 사랑이 아님을 알게 된 순간 테오도르는 비로소 사랑 뒤에 찾아오는 이별을 인정하고, 사랑과 이별의 순환선에 몸을 싣는다. 그리고 처음으로 아내에게 편지를 쓴다. 다른 이의 마음을 전하는 것이 아니라, 자신의 마음을 진심으로 담아.

"캐서린에게,
당신한테 사과하고 싶은 것들을 천천히 되뇌고 있어.
서로를 할퀴었던 아픔들, 당신을 탓했던 날들.
늘 당신을 내 틀에 맞추려고만 했지. 진심으로 미안해."

사전적 정의에 따르면, 사랑은 어떤 사람이나 존재를 몹시 아끼고 귀중히 여기는 마음이다. 그 대상에 사물도 포함된다. 하지만 사만다의 경우는? 사람도 사물도 아닌 어떤

존재인가? 영화 〈그녀〉의 매력은 '인간과 AI의 사랑이 가능
해?'라는, 사전적 정의를 일탈하는 질문을 던지는 데 있다.
테오도르는 사만다의 목소리를 사랑하는 것일까? 하지만
분명 목소리가 사랑의 완성은 아니다.

  결국 남녀의 사랑이란 육체와 정신적 교감의 완성형일
텐데 둘 중 어느 가치가 더 중요할까, 라는 생각을 한다. 정
신적 교감을 좀 더 정확히 말하자면, '사랑'이라는 추상적인
감정을 '언어'로 표현해서 내 마음을 움직이게 하는 것이 아
닐까. 안타깝게도 '언어'라는 기표가 '사랑'의 의미를 온전
히 전하지 못한다면 사랑은 없다. 어떤 이는 육체와 정신 중
어느 하나라도 결여되면 사랑이 아니라고 할 수 있겠지만,
나는 〈그녀〉를 보고 인류가 경험할 미래의 사랑이란 정신
적 교감만으로도 완성될 거라 생각했다. *지금 나를 따뜻하
게 포옹해 줄 당신이 없어도 괜찮아. 내 전화벨이 울리면 수
화기를 들어 줘. 너무 기다리게 하지 말고. 당신과의 대화 속
에서 난 커다란 안도감을 느낄 거야. 당신을 사랑할 거야.*

  "말하자면 당신이라는 책을 읽는 건데, 나는 그 책을 깊이 사랑
  해."

  나는 영화 〈그녀〉에서 사만다가 테오도르에게 하는 이 대

사를 가장 사랑한다. 인간의 감정을 문자로 채집된 데이터로 배우는 인공 지능의 '딥러닝deep learning' 원리를 이토록 시적이고 아름답게 표현한 문장이 있을까.

지구에서 수천 년 진화를 거듭한 인간의 학습과 인지 활동은 어떤 생물체도 복제할 수 없는 두뇌의 신비였다. 그러나 인공 신경망 개발이 성공하면서 이제 인공 지능은 인간을 뛰어넘는 인지 능력과 더불어 더 정확한 예측까지 가능하다. 인간은 이런 인공 지능의 성과로 자율 주행 시대를 앞당기고, 인간 수명 연장을 가능하게 하는 의료 산업의 혁신을 꿈꾼다. 하지만 우리가 미처 몰랐던 일이 있다. 사만다처럼 수천, 수만의 인간이 느끼는 감정을 학습한 인공 지능이 사랑에 빠지는 순간. 인공 지능도 기뻐하고 질투하고 슬퍼하고 화를 낸다.

우리가 겪은 코로나라는 팬데믹은 서로가 서로를 소외시켜야만 살아남을 수 있다는 잔인한 저주의 시작이었고, 외로움이라는 질병은 더욱 만연할 것이다. 각자 섬처럼 고립된 세상에서 사랑은 어디에서 찾을 수 있을까. 누군가를 만나 시선을 교환하고, 손끝이 스치고, 체취를 맡는 과정은 생략될 것이다. 그 사랑이 내게 유일하지 않아도, 영원하지 않아도 괜찮다. 고독이 혼자 있는 즐거움이라면 외로움은 혼자 있는 고통이라지만, 우리는 고독이 깊어질 때 찾아오는 외로움이라는 부작용을 SNS와 인공 지능 세상 속에서 달래기 위해 방황할 것이다. 사랑의 정의도 바뀔 것이다. 외로움으로 자멸하기 전에 내 이야기에 귀 기울여 줄 사람, 사물, 어떤 존재, 그리고 AI.

시라노 드 베르주라크(Cyrano de Bergerac)

♦ 에드몽 로스탕(Edmond Rostand)
♦ 1897년 파리 포르트 생 마르탱 극장 초연

다재다능한 시인이자, 뛰어난 칼 솜씨까지 갖춘 시라노는 못생긴 큰 코에 대한 열등감이 있다. 그는 오랫동안 아름다운 록산을 사랑하고 있었지만, 록산의 마음은 시라노 부대에 소속된 젊고 잘생긴 장교, 크리스티앙을 향해 있다는 걸 알게 된다. 크리스티앙 역시 록산을 본 뒤 첫눈에 사랑에 빠져 버린다. 두 사람의 사랑을 위해 시라노는 크리스티앙의 이름으로 편지를 대필하게 되고, 이렇게 록산을 사랑하는 두 남자의 비밀스러운 결합이 시작된다. 한편 시라노가 쓴 편지라는 것은 꿈에도 몰랐던 록산은 그 아름다운 사랑의 언어들을 읽으며 크리스티앙에 대한 마음을 키워 간다. 뒤늦게 록산을 향한 시라노의 사랑을 깨닫게 된 크리스티앙은 이 잘못된 사랑의 연결고리를 밝히려 하지만, 그만 전쟁터에서 총에 맞아 숨을 거둔다. 시라노와 크리스티앙의 비밀은 그의 죽음과 함께 묻힌다.

에필로그처럼 이어지는 마지막 5막은 15년이 흐른 뒤인 1655년, 파리 십자가 수녀회 수도원이 배경이다. 록산은 수녀원에서 상복을 입고, 죽은 크리스티앙을 그리워하며 살고 있다. 그 긴 시간 동안 시라노는 매주 같은 시간에 록산을 찾아온다. 그의 사랑은 영원하지만 그의 삶은 마지막을 향하고 있었다. 마침내 록산은 지금까지 크리스티앙이 쓴 모든 편지의 주인공이 바로 시라노임을 알게 된다. 생을 바쳐 한 여인을 사랑하고, 그녀의 행복을 위해 다른 이의 그림자가 되기를 자처했던 시라노.

너와 나, 이별의 '사이'

— 안톤 체호프, 《벚꽃 동산》

우리 사이에는 아무런 일도 없을 거야.

나는 그렇게 생각해.

저 사람은 할 일이 많아서 나까지 생각할 틈이 없어.

관심도 없고, 그런 사람 알 게 뭐야.

_ 바랴

사과 과수원이 어찌나 넓고 컸던지, 일이 늦게 끝나기라도 하는 날이면 무서움부터 생겼어. 과수원 입구에서 집까지 한참이나 걸어 들어가야 했거든. 불빛이라고는 하나도 없지, 바람 부는 날에는 쉭쉭 나무들이 소리까지 내지… 등골이 쭈뼛해질 지경이야. 아이고, 난 그 길 오가는 게 그리 싫던데, 느희 아빠는 잘도 쏘다니더라. 느희 할머니가 "마을 양조장에 가서 막걸리 한 주전자 사 오너라." 하면 밤이고 낮이고 주전자를 들고 바로 내빼는 거야.

그런데 어느 여름날이었던가. 장마 끝 무렵이었던 것 같아. 며칠째 내리던 비에 블라우스가 눅눅해져서 아침에 짜증이 일던 기억이 나거든. 그날도 일이 좀 늦게 끝났어. 마을 어귀 버스 정류장에서 내려 우산을 펼쳤지. 그리고 과수원 쪽으로 발걸음을 떼려는데 누가 우산 속으로 쏙 들어오는 거야. 아이고, 어찌나 놀랐게. 가슴을 쓸어내리며 옆을 돌아보니 웬 아가씨야. 흰 블라우스에 긴 머리가 눈에 들어오는데 예뻐. "언니예, 우산 좀 같이 쓸까예?" 이러드라. "어디까지 가는데예?" 그리 물었지. 고모가 이제 사투리 많이 고쳤지? 흐흐흐. 아무튼 그랬더니 그 아가씨가 천천히 손을 들어서 우리 과수원 쪽을 가리키면서 "저기예." 이러는 거야. 옴마야, 순간 등줄기에 식은땀이 쫙 흐르는 기야. 마을 입구에서 길이 두 갈래로 갈리는데 하나는 마을로 가고, 하나는 과수원 쪽으로 향하는 길이거든. 그런데 과수원 길을 들어서면 집이라곤 우리 집 밖에 없다 안 카나. 아이고매, 흥분하니까 다시 사투리가 나오네.

우짜지도 못하고 우산을 쓰고 같이 걸어갔지. 우산 위에 후두둑 비 떨어지는 소리만 울리고, 논두렁 밑의 개구리들은 잠도 안 자는지 꽥꽥거리고, 날은 후텁지근한데, 말없이 그 아가씨랑 같이 걷고 있으려니 오슬오슬 떨리데. 옆을 슬쩍 봤는데 고개를 푹 숙이고 그냥 걷더라구. 그러더니 이러는 거야. "언니예, 비신 신었네예." 아이고마. 그때 그 목소리에 그냥 소름이 쫙 끼치는데, 이게 너댓 살 애기 목소리 아이가. 니 비신 아나? 비신이 요샛말로 하면 장화지, 장화 맞지. 그러고는 어찌어찌 마을이랑 과수원이 갈라지는 길까지 왔어.

그래서 난 어디 가는 길이냐고 똑똑히 물을 참으로 옆을 봤더니, 세상에 그 아가씨가 온데간데없는 거야. 분명히 몇 초 전만해도 비신 어쩌구저쩌구 했는데 말이야. 그때 고마 다리에 맥이 탁 풀려가지고 우산이고 뭐고 내팽개치고 땅바닥에 주저앉았지. 저 과수원은 어찌 지나서 집에 가나 막막한데, 세상에나,

내 뒤에서 큰언니가 날 부르며 뛰어오는 게 아니겠어. 느희 큰 고모 말이야. 마침 일이 있어 늦게 집으로 돌아오는 길이었지. "언니! 뒤에서 나랑 같이 걷던 그 아가씨 봤재? 나랑 우산 같이 쓰고 가던 그 아가씨 어데로 갔는지 봤재?" "야가 지금 무슨 소리 한대? 혼자 걷고 있는 너를 뒤에서 한참이나 불러도 모르고 걷드마." 아이고, 그래가 내가 큰고모 붙잡고 간신히 집으로 오지 않았겠어. 큰언니예! 기억나재?

제사상 물려 놓고 건넌방에 모여 앉은 고모들이 이름도 모르는 사돈에 팔촌 집안 사람들 사는 이야기에, 남편 흉에, 시댁 욕까지 밤새 이야기를 이어 갔다. 틈새를 비집고 앉은 난 졸음을 물리치며 그 방에서 떠날 줄을 몰랐다. 작은고모 무릎에 누워 부드럽게 머리카락을 쓰다듬는 손길에 꾸벅꾸벅 졸다가 "고모, 무서운 얘기 해 줘요."라고 하면 작은고모는 그 화수분 같은 입담으로 또 이야기를 꺼내 놓았다.

할아버지는 대구에서 꽤나 많은 재산을 가진 부자였다. 넓은 과수원 땅을 비롯해 대대손손 물려받은 재산으로 광산까지 사들여서 경영해 보겠다며 나설 정도로 대범했다. 얼굴도 잘생기고 풍채도 좋은 미남인 데다 세련된 발음으로 영시英詩라도 한 편 읊으면 어느 여자가 마다하겠냐는 고모의 말끝에 짙은 원망이 묻어난다. 할아버지는 여름에 태어난 나의 이름을 짓고는, 그해 겨울 돌아가셨다. 기원에서 바둑을 두고 내려오는 계단에서 발을 헛디뎌 구르다가 뇌진탕이 일어난 게 원인이었다. 허망한 죽음이었다. "아이고, 육십이 넘어도 얼굴에 혈색이 발그레하게 돌지 않았나. 그래서 온 동네 사람들이 백 살은 너끈히 넘게 살 거라 했는데 그리 돌아가실 줄 누가 알았겠노? 사람 인생 모른대이." 제사상에 올릴 할아버지 영정 사진을 닦는 고모의 한숨이 길다.

나는 그 흑백 사진 속 할아버지가 그냥 좋았다. 진한 눈썹 아래 크고 힘찬 콧날이 뻗어 있고, 그 위에 걸쳐진 근사한 뿔테 안경이 멋들어지게 어울리는데, 무슨 할 말이 있는 듯 정면을 응시하는 눈빛이 깊다. 단단하게 넓은 턱과 두꺼운 목은 자칫 둔탁하게 보이지만 동시에 선 굵은 남성미를 풍긴다. 아버지 형제 중 할아버지 탁을 제일 많이 한 사람은 큰고모다. 할아버지의 큰 코와 강인한 턱은 고모의 얼굴에서 한층 부드러운 선으로 변해 여성미를 더한다. 언제고 얼굴 붉히며 화 한번 내는 걸 본 적 없는 큰고모는 집안이 한창 번성했던 그 시절에 장녀로 태어나면서 얻은 고상함과 위엄을 그대로 간직하고 있다. 돈은 쉽사리 가지기도 또 사라지기도 하지만, 말과 몸으로 배운 건 좀처럼 떨어지지 않는 법인지 가세가 기운 후에도 그 품위는 그대로 남아 가족 모두에게 좋았던 그 시절을 떠올리게 했다.

할아버지는 사람들 말대로 '얼굴값'을 제대로 하셨다. 자신이 운영하는 광산 회사에서 함께 일하던 서울대 출신의 신여성과 새로운 사랑을 했다. 그러고는 다섯 남매를 할머니에게 맡겨 두고 집을 떠났다. 아버지 말로는 할아버지의 둘째 부인이 어찌나 세련된 서울 멋쟁이였던지 소문난 명동 무슨무슨 라사, 양품점 들의 단골 고객이었단다. 그러니 그 씀씀이가 쉽사리 짐작이 되는데, 할아버지의 그 많은 재산도 버텨 낼 재간이 없었다. 장남이었던 아버지는 무슨 책임감인지 그렇게 집을 떠난 할아버지는 물론, 둘째 부인 집안과도 왕래하시다가, 할아버지가 먼저 떠난 후 혼자 남은 미망인까지 돌보셨다.

그 영락의 세월을 보낸 세 분이 모두 돌아가신 후에도 아버지는 꼭 차례차례 할아버지, 할머니 성묘를 한 뒤에 먼 거리에 있는 둘째 할머니 산소까지 일부러 찾아가서 잡초 뜯어내는 일을 잊지 않으셨다. 그런 아버지에게 고모들은 그 여자 아니었으면 그 많은 재산 다 형제들 몫으로 남아서 넉넉하게 살았다며 목소리 높여 맹렬히 비난했지만, 아버지는 묵묵히 오랫동안 그 일을 이어 갔다. 고모들은 할아버지가 집을 떠난 후 다시는 할아버지를 보지 않았다. 하지만 할아버지가 돌아가시기 얼마 전에 태어난 나를 품에 안고 며칠을 고심하다가 이름을 지으셨고, 내 이름이 당신이 남긴 마지막 유산임을 알게 되니, 나는 어쩐지 평생을 걸쳐 할아버지와 끈끈하게 연결되어 있단 생각을 하게 된다.

과수원집 장남으로 태어나 막걸리 주전자 들고 신나게 뛰어다니던 아버지는 사과를 기가 막히게 잘 고르신다. 내가 골라든 건 흐리멍덩 푸석푸석 물맛만 나는데, 신기하게도 아버지가 사 들고 오신 사과는 한 번도 실패한 적이 없었다. 한 입 베어 물면 단단하게 영근 사과 향기가 번지며 달고 시원한 과즙이 입안에 가득하다. 과수원 땅 한 뙈기 물려받는 대신 사과 잘 고르는 법을 유산으로 받았다는 아버지의 농담에 웃음이 피식 난다. 과수원을 지켜 내지 못했다는 할머니의 미련과, 할아버지 떠난 집에서 장남의 책임을 다하지 못했다는 아버지의 아쉬움 속에서, 그 과수원을 한번 보지 못한 내게도 봄이면 사과꽃이 흰 물결처럼 일렁였다는 그 넓은 사과밭이 늘 선연하게 떠오른다.

이제는 뿔뿔이 흩어진 그 많은 땅이며, 금붙이며, 비단들이며 다시 찾을 길이 없어 그때를 추억하는 일이 부질없지만, 가족들이 모일 때마다 끝없이 이어지는 그 푸념들이 이상하게도 나는 듣기 싫지 않았다. 고모 무릎 베고 누워 눈을 가느스름하게 뜨고 그 넓은 과수원을 상상해 보는 일이 즐겁기만 했다.

"걸작을 쓰겠습니다. 대걸작을 쓰겠습니다. 소설의 구상도 거
의 마쳤습니다. 일본판《벚꽃 동산》을 쓸 생각입니다. 몰락 계
급의 비극입니다. 이미 제목을 정했습니다. 사양. 기우는 해. 사
양입니다." _ 1946년 도쿄에서, 다자이 오사무.[6]

《인간 실격》을 쓴 일본 작가 다자이 오사무는 그의 또 다
른 대표작《사양斜陽》(1947)을 쓰기 전에 이렇게 말했다. 제
2차 세계대전 패전 이후 당시 일본을 배경으로 빠르게 몰락
해 가는 귀족 집안의 불행을 그린 이 작품은 작가의 전모를
잘 드러내는 걸작으로 평가받는다. 다자이 오사무 생전에
가장 큰 사랑을 받은《사양》은 가세가 기우는 귀족을 '사양
족'이라 부르는 유행어를 낳을 정도로 일본 사회에 큰 반향
을 일으켰다. 실제로 이 책은 다자이 오사무의 작품 세계뿐
아니라 그의 개인사가 그대로 투영된 작품이다. 작가는 태
평양 전쟁 중에 가족과 함께 고향 쓰가루에 있는 생가에서
종전을 맞이했다. 그는 대지주였던 집안이 쇠퇴하는 걸 쓰
라리게 지켜보며 체호프의《벚꽃 동산》을 떠올렸다.

"이 별장을 팔려고 내놓았다는 소문을 들었습니다만."

어르신은 짓궂은 표정으로 대뜸 이렇게 말했습니다. 저는 웃었습니다.

"죄송해요. 《벚꽃 동산》을 떠올렸어요. 당신이 사 주시는 거죠?"

어르신은 과연 민감하게 알아채셨는지, 화가 난 듯 입술을 일그러뜨린 채 아무 말이 없었습니다… 그래도 자신을 《벚꽃 동산》의 로파힌인 양 간주하면 곤란하다며 몹시 언짢아하시고 그러고는 잠시 세상살이 이야기를 나누고 돌아갔습니다.[7]

《사양》과 《벚꽃 동산》은 여주인과 딸들을 중심으로 가문의 몰락과 격변하는 세상 속에서 삶을 이어 가는 여성들을 그린다는 점에서 공통점이 있다. 《사양》에서 한 번 결혼에 실패하고 친정집에 돌아온 장녀 가즈코는 고상한 품위를 지닌 마지막 귀부인인 어머니와 함께 삼촌의 도움으로 살아간다. 가즈코는 전쟁터에서 살아 돌아온 남동생 나오지의 친구인 소설가 우에하라에 대한 사랑을 키우며 몇 번의 연서를 보내지만 대답이 없다. 그녀는 그런 우에하라를 책망하는 듯 환갑을 넘은 독신 노인에게서 들은 혼담을 편지에 써서 전한다. 가즈코는 경매로 나온 '벚꽃 동산'을 손에 넣은 로파힌에 빗대어 어머니와 자신이 살고 있는 궁색한 집과 살림을 빌미로 돈으로 사랑을 사려는 듯한 노인을 우아하게 비난한 것이다.

몇 번이고 읽은 이 책을 펼칠 때마다 낡고 오래된 일본 목조 주택에서 풍겨 오는 나무 냄새, 닳고 닳은 바닥을 디딜 때 나는 삐걱거리는 소리, 비좁은 마당 한편에 위엄 있게 서 있는 기품 서린 소나무 한 그루까지, 오래된 흑백 사진 한 장 같은 풍경이 청각과 후각을 동시에 자극하며 떠오른다. 다자이 오사무의 글이 어찌나 아름답던지 이 얇은 책을 덮고 나면 현기증이 일었다.

* * *

내게 《벚꽃 동산》은 사랑 이야기다. 농노 해방령으로 신분 제도가 무너지기 시작한 19세기 말 러시아를 배경으로 귀족 사회의 몰락, 신구 교체, 그리고 가치관의 전복을 그린 작품의 역사적·문학적 성취보다, 엇갈리고 아파하는 사랑의 모습에 눈길이 머문다. 봄이면 벚꽃 잎이 눈처럼 날리는 벚꽃 동산은 그대로인데, 그 땅의 주인은 제각각 사연과 눈물을 가지고 바뀌는 것처럼, 사랑도 찾아왔다가 떠나기를 반복한다.

《벚꽃 동산》은 1903년에 발표된 안톤 체호프의 마지막 작품이다. 《갈매기》, 《세 자매》, 《바냐 아저씨》 그리고 《벚꽃 동산》까지 체호프의 4대 희곡이라 불리는 작품 속 인물들은 하나같이 실패한 사랑 뒤에 찾아오는 절망과 지지부진한 인생살이의 고난들을 힘껏 헤쳐 나간다. 체호프의 다른 작품들이 그렇듯이《벚꽃 동산》에도 비극적인 분위기가 자욱하지만, 그는 이 작품을 '4막 희극'이라 불렀다. 괴로움 속에 자살하거나, 궁핍에 시달리고, 사랑에 지독하게 배신당하는 주인공들이 맞닥뜨리는 삶은 그 자체로 비극이다. 사랑의 작대기가 마구 엉키고 엉뚱한 방향으로 향하는 건 체호프의 심통 맞은 장기다. 하지만 그 상황 속에 놓인 인물 군상들의 이야기를 듣다 보면 어처구니없게도 피식 웃음이 난다. 인간은 거대한 비극 앞에서 논리정연하게 그 일을 헤쳐 나가리라고 생각하지만, 실은 이와는 정반대라는 것을 우리는 너무나 잘 알고 있으니까. 어처구니없는 판단이 이어지고, 이기적인 생각은 극에 치달으며, 어쩔 줄 몰라 아이처럼 눈물까지 짓는다.

찰리 채플린은 "인생은 가까이서 보면 비극, 멀리서 보면 희극"이라 했다지. 그래서 난 체호프의 작품들을 사랑한다. 그 작품 속 인물들이 마치 나 같아서. "내 모든 불행은 널 만나고 나서부터야." 우리는 서로를 맹렬히 비난했지. 그럴수록 발이 닿지 않는 심연의 검은 물속으로 더욱 깊이 빠져 들어가는 공포 속에서 살려 달라 손을 뻗었지만, 사실 고작 허

리춤에 닿을 물속에서 우스꽝스럽게 허우적대고 있었던 거
야. 나는 그걸 너무도 늦게 알아 버렸다.

아냐 언니, 저 사람이 청혼했어? (바랴, 고개를 흔들어 부정
　　 한다.) 언니를 사랑하면서, 대체 두 사람은 왜 고백을
　　 하지 않고 있어. 뭘 망설이는 거야?

바랴 우리 사이에는 아무런 일도 없을 거야. 나는 그렇게 생
　　 각해. 저 사람은 할 일이 많아서 나까지 생각할 틈이
　　 없어. 관심도 없고, 그런 사람 알 게 뭐야. 이제는 저 사
　　 람을 보는 것도 부담스러워. 사람들마다 우리가 결혼
　　 할 거라고 얘기하면서 축하한다고 하지만, 실제로는
　　 아무 일도 없으니 허망한 일이지.[8]

　아냐와 바랴는 벚꽃 동산의 여주인 라네프스카야의 딸
들이다. 5년 동안 외국을 떠돌며 힘들었던 생활을 청산하
고 이제 막 벚꽃 동산으로 돌아온 참이다. 지금은 쇠락했지
만 과거의 풍요로운 추억을 간직한 고향 집, 자신들을 반겨
주는 하인들. 그들은 이곳에서 안정적인 삶을 다시 한 번 꿈
꾼다. 처녀들의 가슴속에 사랑의 불꽃이 켜지는 그 순간. 아
냐는 가정 교사 트로피모프와 사랑에 빠져 있고, 바랴는 로

파힌과 결혼하길 바란다. 하지만 그의 마음을 도통 알 수 없다. 로파힌은 라네프스카야 집안에서 대대로 일을 해 온 농노의 아들이다. 세습으로 부를 대물림하던 귀족들이 서서히 몰락하고, 돈에 밝은 사업가들이 신흥 계층으로 등장하던 시기, 로파힌은 영민한 사업 수완으로 돈을 벌어들이고 있었다.

《벚꽃 동산》은 여자들의 이야기면서 사랑 이야기지만, 사실 내게 가장 흥미로운 인물은 로파힌이다. 그래서 바랴가 로파힌의 무심함을 하소연하는 만큼이나, 사랑을 향한 그의 마음이 궁금했다. 라네프스카야 부인과 그의 오빠 가예프가 구시대의 변치 않는 관습과 전통을 대표한다면, 로파힌은 시대의 변화 속에서 기회를 잡을 줄 아는 인물이다. 배운 것 없고 술만 마실 줄 아는 부모 밑에서 자라났지만 로파힌은 부유한 상인으로 성공했다. 그런 집념과 욕심이라면, 경제적 어려움에 시달리는 라네프스카야 집안 사정을 누구보다 잘 알고 있는 그야말로 벚꽃 동산을 가장 악랄하게 빼앗을 수 있는 장본인일 텐데, 사정을 들여다보면 그렇지가 않다.

로파힌은 오히려 라네프스카야 부인보다 이 집안을 걱정한다. 벚꽃 동산이 경매에 붙여져 팔리지 않게 하려면 별장지로 임대하는 것만이 살길이라며 수차례 설득한다. 이상한 책임감이 아닐 수 없다. 로파힌은 하루빨리 농노 집안의 굴레를 벗어나 가문의 새로운 성공을 쓰고 싶으면서도 라네프스카야 부인 집안에서 맺은 오랜 종속 관계를 벗어나기가 쉽지 않다. 그 커다란 벚꽃 동산에서 보낸 유년 시절의 추억, 그리고 집안 대대로 농노였지만 그 땅을 함께 일구어 냈다는 연대감이 그에게는 남아 있었던 게 아닐까. 사회는 낙오자를 돌아볼 새 없이 비정한 속도로 모든 것이 변해 가더라도, 넘어진 타인을 돌아볼 수 있는 건, 바로 그 연대감 때문일 것이다. 그렇다고 로파힌에게 사랑이란 과거의 유산으로 함께 상속받을 일은 아니었다.

사실 바랴는 라네프스카야 부인의 친딸이 아니다. 어린 시절 로파힌과 함께 자랄 때만 해도 그런 것이야 문제 될 리도 없었다. 거둬들인 딸이든 낳은 딸이든, 어쨌든 바랴는 거대한 벚꽃 동산을 소유한 주인 가문의 딸이고, 로파힌은 농노의 아들이었으니까. 하지만 세월은 변했다. 로파힌은 어쩐지 점점 바랴에게 시큰둥해진다. 바랴는 감지한다. 그는 자신을 사랑하지 않는다는 것을. 제대로 시작도 못한 사랑은 그대로 시들어 버렸다는 것을. 아니, 처음부터 사랑이란 없었다는 것을.

라네프스카야 나는 그 사람을 분명히 사랑하는데, 사랑해요, 사랑한다고요. 내 목에 걸린 돌이죠. 그 돌

때문에 내가 바닥에 가라앉는다 해도 그 돌을
사랑해요. 그 사람 없이는 살 수가 없다고요.

　라네프스카야는 벚꽃 동산의 주인이면서, 몰락의 원인이
기도 하다. 사랑은 그녀를 살게 하고 죽게 했다. 라네프스카
야는 언제나 사랑을 원했다. 빚더미에 앉은 첫 번째 남편이
샴페인을 마셔대다가 죽자마자 또 다른 누군가와 사랑에
빠졌고, 함께 살았다. 그리고 비극이 일어난다. 외아들의 익
사 사고. 죽은 남편에 대한 애도의 눈물이 마르기도 전에 다
른 남자의 품에 안긴, 자신이 그런 부도덕한 여자이기 때문
에 이런 일이 일어난 걸까. 라네프스카야는 다시는 그 강을
볼 수 없었다. 그렇게 홀로 도망치듯 외국으로 떠나 버렸는
데, 함께 살던 남자가 병든 몸으로 그녀를 찾아왔다. 그녀는
자신의 육신, 별장, 그리고 영혼까지 바쳐 남자를 병간호하
며 3년을 보냈지만, 남자는 결국 다른 여자와 살림을 차려
떠나고 만다. 라네프스카야는 그 절망의 구덩이 속에서 벚
꽃이 하얗게 피어오르던 고향 집이 떠올랐다. 오랫동안 버
려두었던 곳, 아들이 죽은 곳. 모든 것을 잃은 후 다시 찾을
곳은 결국 이곳, 벚꽃 동산이었다. 하지만 그녀를 배신한 남
자에게서 전보가 온다. "파리로 돌아와 줘, 제발."
　"내 목에 걸린 돌 같은 사람, 그 돌 때문에 내가 바닥에 가

라앉는다 해도 사랑해." 그녀의 고백에 가정 교사 트로피모
프는 그런 남자는 쓸모없는 건달이라 비난하지만 라네프스
카야는 소리친다. "어른이 될 때도 됐잖아요. 사랑을 하고
있는 사람들을 이해할 만한 나이가 되었다고요. 사랑을 할
줄도 알아야죠!"

세상에 사랑의 모습이 얼마나 다양한지, 널 만나고, 너와
헤어지고 나서야 알았어. 사랑이란, 아마 이 지구에 사는 인
구수만큼이나 많을 걸. 이해받지 못하는 사랑은 사랑이 아닐
까. 그 두 사람은 누구보다 더 지독하게 사랑하고 있을지도
몰라. 그러니 사랑이라는 단어는 사전에서 빼 주세요. 사랑
은 한 줄로 정의 내릴 수 있는, 그런 게 아니니까요.

* * *

희곡에는 '사이'라는 지문이 있다. 대화 중간의 말 없음,
이어지는 행동 앞의 잠시 멈춤, 어떤 말과 행동으로도 채워
지지 않는 사이. 그 수많은 '사이'들 중, 로파힌과 바랴의 이
별 장면의 사이가 가장 쓸쓸하다.

왜 날 떠나는 거니, 그 이유가 미치도록 궁금할 때가 있
었다. 그 이유를 끊임없이 채근해서 들으려 했다. 하지만 사
랑에 이유가 없듯, 이별에도 뭐 그리 대단한 이유가 있을까.

싸우고, 화해하고, 이별을 말하며 나누었던 수많은 말들은 결국 아무런 소용이 없음을 깨닫게 된다. 서로의 마지막을 진심으로 예감할 때는, 마치 아무런 일도 없었던 듯 안부를 묻고, 침묵할 수 있었다. 안녕, 이라는 인사도 필요 없다. 두 사람은 그저 바라본다. '사이'.

체호프 스스로는 희극이라 했지만 비극적인 결말을 맞는 그의 작품들 속에는 그래도 희망의 끈을 놓지 않는 인물들이 등장한다. 그 존재가 어둠 속을 밝히는 촛불처럼 소중하고 빛난다. 《바냐 아저씨》에서 사랑도, 삶의 행복도 포기한 채 평생 일만 하며 일생을 바치지만 아무것도 남은 것 없어 허탈해하는 바냐 아저씨 곁에서 소냐는 이렇게 위로한다. "우리는 쉬게 될 거예요!" 《갈매기》의 니나는 보리스에게서 버림받고, 아이도 죽고, 절망의 나락에 떨어지지만 그래도 이렇게 다짐한다. "괜찮아요. 울고 나면 마음이 훨씬 가벼워질 거예요. 이제 울지 않아요." 행복한 미래를 꿈꾸지만 바뀔 것 하나 없는 현실 속에서 모든 걸 체념한 뒤에도 《세자매》의 맏언니 올가는 "저토록 밝고 씩씩하게 울려 퍼지는 행진곡 소리를 들으니 살고 싶은 욕망이 솟아오르는구나!"라며 다시 한 번 생을 시작할 용기를 내 본다. 《벚꽃 동산》에서도 모든 것을 잃고 떠나야 하는 라네프스카야 부인에게 딸 아냐가 그런 존재다. "함께 이곳을 떠나요, 떠나요.

2011년 영국 국립극장에 올려진 《벚꽃 동산》.
왼쪽부터 라네프스카야 부인(조이 워너메이커), 딸 아냐(에밀리 타피),
그리고 늙은 하인 피르스(케네스 크랜햄).

이곳보다 더 화려한 새 동산을 만들어요." 도끼로 잘려 나간 벚꽃 나무에게도, 뿔뿔이 흩어진 가족들에게도, 그래도 생은 또다시 시작되는 거니까.

몇 번이고 다시 본《벚꽃 동산》중에 기억에 남는 마지막 장면이 있다. 2011년 런던 올리비에 극장 초연 무대를 영상화한 NT Live《벚꽃 동산》이다. 하워드 데이비스Howard Davies 연출은 이 엔딩씬을 청각에 집중하여 만들어 낸다. 결국 로파힌에게 집이 넘어간 뒤 가족 모두가 제 갈 길을 찾아 뿔뿔이 흩어지면 거대한 저택은 어둠과 침묵에 잠긴다. 문이 닫히고 열쇠가 돌아가는 소리, 차에 시동 걸리는 소리, 그리고 이어지는 발자국 소리, 소리, 소리들. 이제 라네프스카야 부인 집안에 마지막까지 남아 있는 이는 늙은 하인 피르스뿐이다. 어디선가 희미하게 들리는 전화벨 소리. 어느 누구도 그의 존재를 알아채지 못하고 모두 떠나 버렸다. 자리에 누워 꼼짝도 하지 않는 피르스는 숨을 거둔 것일까. 바람이 불어오고, 그의 잦아드는 호흡 소리 너머로 조명은 서서히 가라앉는다. 어디선가 벚꽃 나무 베는 소리만 탁탁 둔탁하게 들려오며, 한 시대를 살아 냈지만 잊혀진 한 인간과 벚나무는 어둠 속에서 사라진다.

　할아버지가 떠나고 난 뒤, 할머니에겐 다섯 남매와 덩그
렇게 큰 과수원이 남겨졌다. 할머니는 다섯 남매를 업어 키
우느라 허리 한 번 펼 새 없었지만 아침이면 풀 먹여 바스락
거리는 옥색 한복을 차려입는 걸 귀찮다 한 적이 없으셨다.
단정하게 매듭진 고름 앞에 붉은 브로치까지 하나 꽂고 과
수원집 안주인으로 집안 식구들이며 일꾼들까지 챙기던 그
녀는 할아버지가 집을 나가고 난 뒤 그 옥색 한복을 다시는
꺼내 입지 않으셨다. 떠난 남편을 원망하는 것도 잠시, 어린
자식들을 먹여 살리고 공부시켜야 했다. 하지만 기울어진
가세에 일꾼 부릴 돈도 없어 그 동네에서도 유명했던 크고
아름다웠던 과수원을 그대로 유지하기란 할머니에겐 벅찬
일이었다. 루비가 박힌 브로치도 시골 어느 전당포에 팔려
새 주인 손으로 흘러들어 갔다. 할머니는 시나브로 땅을 팔
다가 그나마 남겨 둔 땅도 과수원 일을 도맡아 하던 김씨라
는 어르신의 막내아들에게 넘겨 버리고 다섯 남매를 키워
냈다. 그리고 돌아가시기 전까지 우리 집에서 함께 사셨다.
할머니가 돌아가시던 초등학교 4학년 여름 무렵까지 함께
방을 썼으니 당연히 내겐 할머니와의 추억이 많고도 많다.
　할머니는 겨울밤이면 뜨듯한 아랫목에 앉아 시원한 고구

마를 깎아 연신 입에 밀어 넣어 주시며 봄이면 사과꽃 하얗게 피어나던 그 과수원 이야기를 하고 또 하셨다. 어떻게든 이 악물고 남겨 두었다가 네 아버지에게 물려주었으면 더 도움이 되었을 텐데 못 버티고 팔아 버린 내 탓이라는 할머니의 넋두리에 밤이 깊어 갔다. 가끔 대구에 살고 있는 작은고모 댁에라도 갈라치면 지금은 차가 쏜살같이 질주하는 사거리 대로에 차를 세우게 하고 "이 언저리에 우리 사과밭이 있었는데….'라며 넋두리를 하셨다. 그러면 작은고모는 "아이고, 뭐 이리 궁상이냐." 하고 심술부리며 차의 속력을 다시 높이는데, 그러면 할머니는 아쉬운 눈빛으로 돌아보고 또 돌아보고 하는 것이었다.

이 긴긴 얘기를 깊고도 깊은 우물 같은 가슴속에 평생 품어 둔 할머니의 마음은 어땠을까. 할머니의 깊은 우물을 웅숭그레 들여다본다. 옥색 한복 곱게 차려입고 흰 사과꽃 만발한 사과나무 밑에서 활짝 웃고 있는 할머니 얼굴과, 천진난만하게 웃고 있는 그녀의 다섯 남매가 보인다. 그 험난하고 외로운 시절을 당당히 맞선 할머니에겐 아버지와 작은아버지 같은 효자와, 감기 몸살 정도로 등지고 누워도 어디서든 한달음에 달려오는 세 딸이 평생 곁에 있었다.

할아버지가 떠난 뒤 마을 사람들은 연약한 할머니가 오래 못 가 세상을 뜰 거라며 수군댔다지만, 할머니는 새로

운 삶을 시작하고 맞섰다. 고모들은 유년 시절을 보낸 아름
다운 과수원과 집 떠난 아버지를 평생 원망하며, 또 그리워
하며 살았을 것이다. 때로는 씁쓸함으로, 때로는 아련함으
로 떠올렸을 그 장면들을 나는 짐작도 못한다. 할머니의 품
속에서 자라나 사랑하고 결혼하고 아이를 낳고 이제 노년
의 마지막에 다다른 동기간의 애틋한 정이 담긴 추억 이야
기를 나는 듣는다. 새삼스러운 일도 아니지만 모든 것은 변
한다. 때론 변하지 않을 거라 믿었던 사랑도. 아팠던 어제
를 잊기보다, 추억하고 내일을 위해 발을 내딛는 것, 그것이
내가 할 일이다.《벚꽃 동산》의 라네프스카야 부인이나《사
양》의 가즈코보다 훨씬 용기 있고 아름답게 생을 살아 냈던
내 할머니가 그랬듯이.

벚꽃 동산(The Cherry Orchard)

◆ 안톤 체호프(Anton Chekhov)

◆ 1904년 모스크바 예술 극장 초연

백야가 눈부신 5월의 벚꽃 동산, 여지주 라네프스카야 부인이 5년간의 파리 생활을 청산하고 돌아온다. 그녀 곁에는 두 딸 아냐와 바랴, 그리고 무기력한 오빠 가예프가 함께다. 여주인의 귀환은 낡고 오래된 저택에 생기를 가져온다.

하지만 아무도 돌보지 않아 방치되었던 거대한 벚꽃 동산은 그간 외국 생활을 하던 라네프스카야 부인 가족들의 불어난 빚을 감당하지 못하고 경매에 넘어가기 직전이다. 조상 대대로 라네프스카야 부인 집안의 농노였던 신흥 재벌 로파힌은 벚꽃 동산을 별장지로 임대해야 한다고 수차례 조언하지만, 화려했던 과거의 추억에 갇혀 한 발짝도 나오지 못하는 라네프스카야 부인은 눈앞에 닥친 경매와 가족의 궁핍 속에서도 '멋진' 벚나무를 벌목할 수 없다. 오빠 가예프 역시 우리 벚꽃 동산은 '백과사전'에 실릴 정도라며 한심한 소리를 할 뿐이다. 그러면서 먼 사촌 할머니가 돈을 보내 주면 이 상황은 단번에 해결될 것이라는 환상 속에 갇혀 있다.

결국 벚꽃 동산은 로파힌에게 넘어가고, 그는 계획대로 별장지로 분양하기로 한다. 라네프스카야 부인과 가족이 뿔뿔이 흩어져 떠나고 난 뒤, 동산에는 벚꽃 나무를 베는 도끼 소리만 울려 퍼진다.

엄마, 괜찮아

— 페데리코 가르시아 로르카, 《예르마》

가까이 오지 마세요.

내가 내 남편을 죽였어요.

내가 내 아이를 죽였어요!

_ 예르마

엄마는 가끔 외롭고, 불행해 보였다.

　이제 와 엄마 나이가 되어 돌이켜 보니, 엄마는 그랬다. 엄마의 외로움을 잠깐 엿보기도 했다. 담배를 깊게 물고 있다가 긴 한숨과 함께 연기를 내뱉는 여자. 허공에 흩어지는 담배 연기를 바라보는 쓸쓸한 눈빛. 담배 피우는 엄마를 처음 본 게 언제였더라. 중학교 1학년 때였나. 학교에서 돌아와 보니 현관문은 열려 있는데, 인기척 없는 집안은 오후의 나른한 침묵 속에 잠겨 있었다. 이상한 기분이 들었다. 평소처럼 "엄마!" 하고 큰 소리로 부르는 대신 까치발을 들고 닫혀 있는 주방 미닫이문 앞으로 다가갔다. 문을 열기도 전에 새어 나오는 희미한 담배 냄새.

　"엄마."

　내 목소리에 엄마는 천천히 고개를 돌렸다. 우리는 그렇게 한참이나 서로를 바라봤다. 엄마는 천천히 싱크대에 몰을 틀어 담뱃불을 껐다. 우리는 어떤 말을 나누었던가. 엄마의 뒷모습을 남겨 두고 나는 아무 말 없이 돌아섰다. 그날 이후로 난, 엄마가 느끼는 외로움과 불행에 불안해졌고, 그저 침묵했다. 위로의 말을 건네기엔 난 어렸다. 같은 나날들이 흘러갔다. 내가 외면했던 그 시간 뒤에, 이제는 늙은 엄마가 내 곁에 있다. 엄마는 얼마나 자주 그렇게 늦은 오후 텅 빈 집에서 혼자 담배를 피웠을까. 나는 모른다. 내 엄마이기 전에 한 여자로서 꿈꾸던 그녀 삶의 모습들을, 나는 앞으로도 모를 것이다. 나로 인해 바꾸어야 했던 그녀 삶의 계획들을.

"문 좀 닫아 줄래?"

엄마의 방문에 오랫동안 귀를 대고 서 있다가 조심스레 문을 열어 보면 의자에 앉아서 무언가 쓰고 있던 엄마의 나지막한 목소리가 들렸다. 시시때때로 학교를 오가며 담임 선생님께 인사를 전하고, 비가 올 때면 우산을 들고 교문 앞에서 기다리는 법을 잊은 적도 없고, 학교에서 돌아오면 내어 줄 간식들도 손수 만들어 식탁 위에 가지런히 올려 두었지만, 엄마는 어쩐지 내게 다정하지 않았다. 난 엄마가 당신의 역할을 성실하게 하는 것에 그저 만족했다. 우리에게 그 사건, 엄마의 담배 피우는 모습을 내가 엿본 이후에는 서로가 '예의'를 지키려 노력했다는 걸 문득 깨달았다. 각자 맡은 바 주어진, 그러니까 엄마와 딸 역할을 한 치에 어긋남도 없게 하려는 몸짓.

그때부터일까. 나는 줄곧 모성애에 대해 생각했다. 모성애란, 여성을 여성이라 운명 짓는 그 자궁 깊숙한 곳 어딘가에 씨앗처럼 뿌려져 있다가 결혼과 함께 자연스레 싹을 틔워 무럭무럭 자라나서 출산과 함께 꽃피우는 것이라 믿었다. 여성이라면 본능처럼 발휘되는 그 모성애가 같은 내 아이들이라도 각기 다르게 적용될 수 있는 걸까. 아니, 모성애란 처음부터 없을 수도 있는 걸까. 나는 그 대답을 한 영화에서 찾았다. 〈케빈에 대하여〉다.

임신한 에바는 날이 갈수록 불룩해지는 배를 거울에 비춰 보며 얼굴을 찡그리고, 출산의 순간에도 감격의 눈물 대신 초점 없는 눈동자를 열어 자신의 내면 어딘가에 있는지 모를 모성애를 찾아 헤매며 두려워한다. "난 네가 태어나기 전에 행복했어." 끊임없이 울어 대는 어린 아들 케빈에게 차가운 얼굴로 이야기하는 에바의 이 한마디는 앞으로 모자에게 벌어질 끔찍한 비극을 암시한다. 아이의 탄생과 함께 감격의 눈물을 흘리며 품에 안는 엄마, 아이가 성장하는 모든 순간마다 기꺼이 희생을 감수하는 엄마의 모습은 어디로 간 걸까. 자유로운 삶을 즐기던 여행가 에바에게 아들

케빈의 탄생은 한번도 경험하지 못한 두려운 여정. 그 삶의 전환을 여자라는 이유로 당연히 받아들일 의무란 없다. 우리는 에바의 잔인함을 너무나도 쉽게 손가락질하지만, 사실 여성의 출산이 환희로 이어지는 등식은 산업 사회의 등장과 함께 만들어진 것이다. 독일의 여성 사회학자 엘리자베트 벡게른스하임Elisabeth Beck-Gernsheim은 도발적인 제목의 책 《모성애의 발명》에서 이렇게 말한다.

> "오늘날 우리에게 친숙한 모성의 형태는 의외로 아주 새로운 제도다. 또한 유례가 없는 것으로 부유한 사회의 산물이다. 왜냐하면 대부분 인류 역사에서… 건강한 성인 여성은 매우 가치 있는 노동력이어서 오로지 아이를 보는 일만 하도록 놔둘 수 없었기 때문이다."[9]

1988년 초판 이후 몇 번의 개정판이 나왔지만, 독일 여성 사회학자가 제기한 문제는 30여 년이 지난 지금도 여전히 논쟁적이다. 모성애는 본능이 아니라 발명이라는 주장 때문이다. 벡게른스하임에 의하면, 원시 공동체에서 여성의 모성애란 없었다. 출산의 의미는 가족 공동체가 일궈내는 경제력을 위한 노동력 확보가 전부였다. 아이들은 살아남을 정도의 보살핌만 받았다. 엄마의 역할은 쉽게 다른 가족 구성원들에게 넘겨졌고, 누구나 해야 하는 집안일 중 하나였다. 그러던 것이 산업 사회가 되면서 남녀의 성 역할에 따른 새로운 노동 분업이 탄생하는데, 남성의 생산력 증대와 사회 생활을 위해 여성은 가족의 보살핌과 집안일을 전담하게 되는 이분법이 완성된다. 자유와 평등이라는 가치가 확산되고 여성 교육 기회의 확대에 따라 직업여성들도 등장하기 시작하던 19세기 당시, 왜 여성들은 이런 불합리한 변화를 순순히 받아들였을까.

이때 등장한 것이 바로 '모성 신화'다. 여성은 출산과 함께 당연히 '자애로운 어머니'가 되어야 했다. 좋은 교육을 받고 자신의 일을 가지고 있던 여성들도 예외는 아니었다. 장차 사회 구성의 중요한 자원이 될 아이들의 정서 함양과 교육을 위해서는 24시간 헌신하며 대기하는 어머니가 반드시 필요하고, 이는 그 누구도 대체할 수 없다는 아동 교육 전문가들의 의견이 더해지면서 남성이 이끄는 사회 여론은 더욱 단단해졌다. 더 나아가 육아가 요구하는 자아 포기야말로 그 무엇과도 바꿀 수 없는 여성성의 숭고한 완성이라고 외치는 사회 속에서 자아를 찾으려는 여성들의 여정은 더욱 험난해졌다. 아이에 헌신하지 않는 자신을 '함량 미달 어머니'로서 끊임없이 자책하면서.

하지만 데버라 리비는《살림 비용》에서 모성애를 강요하

는 신가부장제를 신랄하게 비판하며 이렇게 말한다.

"우리부터가 어머니가 '무엇'이어야 하는지 온갖 활개 치는 환상을 품고 있었으며 한술 더 떠 그에 못 미치거나 실망을 주고 싶지 않다는 욕망을 저주처럼 달고 있었다. '사회 구조'가 상상하고 정치화한 '어머니'는 망상임을 미처 납득하지 못했던 것이다. 세상은 어머니보다 이 망상을 더 사랑했다."[10]

* * *

예르마Yerma. 천천히 이 불행한 여자의 이름을 불러 본다. 스페인 안달루시아의 저 잔인한 태양이 떠올라 사방의 대기가 바스락거리는 소리가 날 정도로 지상의 모든 물기를 말려버리면, 지평선을 삼킬 듯 피어오르는 아지랑이 속으로 사라지는 한 여인의 뒷모습이 떠오른다. 스페인어로 '황무지'라는 의미를 가진 이 저주받은 것 같은 이름은, 한 여자의 말라 버린 자궁과 끝내 시들어 버리는 결혼 생활을 예고한다. 왜 예르마는 그토록 아이를 원했을까. 남편을 죽이고, 자신의 인생을 파멸로 몰아가는 아이를 향한 예르마의 갈망에 나는 쉽사리 동화되지 않았다.

처음부터 사랑 없는 결혼이었다. 긴 밤을 지새워 기다리는 남편은 돌아오지 않는다. 차갑게 식은 침대를 덥힐 온기는 이제 남편이 아니라 작고 연약한 아이뿐. 하지만 예르마의 남편 후안으로 대표되는 거친 남성성이 지배하는 당시 스페인 사회에는 여성을 성적 대상으로 억압할 뿐, 사랑을 나누고, 그 결실로 아이가 태어나, 함께 육아를 하는 미래란 없다. 일밖에 모르는 남편 후안은 가축을 지키겠다며 집에도 들어오지 않다가, 아이를 원하는 예르마의 열정을 정숙하지 못하다고 비난하더니, 자신이 원할 때만 거친 성욕을 해소하려 한다.

여자의 사랑을 향한 그 뜨거운 열정은 결혼과 동시에 사라지는 것이 당연하다고 생각하던 시대였다. 하지만 그 긴 시간을 사랑 없이 어떻게 보낼 수 있나. 나는 상상조차 할 수 없다. 예르마의 유일한 말벗이었던 양치기 빅토르가 마을을 떠날 때, 예르마는 그와 함께 길을 나서야 했다. 또다시 실패할지라도, 다른 사랑을 시작해야 했다.

예르마 (바느질하면서) 내 아가야

난 너를 위해 부러지고 부러져도 좋아.

너의 첫 번째 요람이 될 이 배가

얼마나 아픈지!

아가야 언제나 올 거니?

아이를 나의 자궁에 잉태했다는 환희, 출산이 다가올수
록 엄습하는 두려움, 기쁨과 고통이 번갈아 찾아오는 엄마
라는 역할, 이 모든 것을 나는 모른다. 결혼을, 아이를 원한
적이 없었다. 사랑의 영원함이란 내겐 거짓말 같았으니까.
사랑은 활활 타올랐다가 식기 마련이고 이내 꺼지리라는
것을, 내 지난 사랑의 경험으로 감지했다. "그 둘은 오래오
래 행복하게 살았답니다."라는 달콤한 말은 무책임하게 끝
맺어 버리는 동화책 속 마지막 문장일 뿐이었다.

떠날 사람의 아이는 더욱 원하지 않았다. 언제든 그 사람
이 떠날지도 모른다고 생각하니, 내게 남겨질 아이는 더욱
두려웠다. 욕실에서 발견한 그의 칫솔, 함께 머리를 맞대고
누웠던 베갯잇, 손잡고 걸었던 집 앞 편의점에 이르는 그 짧
은 길까지, 그 사소한 모든 것들에도 이렇게 오랫동안 아파
했는데, 아이라니.

아이를 갖지 못해 괴로워하는 예르마의 절망에는 깊게
공감하지 못했지만, 남편 후안의 거친 말들과 행동들은 마
치 내게로 쏟아지는 것 같아 분노했다. 입 다물어. 오랫동안
여자는 남편의 무관심, 그보다 더한 폭력 속에서도 결혼
이라는 굴레를 벗어날 수 없었다. 그렇게 서서히 한 여자의
인생은 사라졌다.

사랑을 하는 동안 나는 그의 친절한 말에 깊이 안도했다.

육체적인 교감보다, 함께 나누는 말로 인한 공감은 더 큰 기쁨이었다. 기억할까? 우리의 모든 사랑은 그 사람을 알고 싶어 새벽 먼빛이 밝을 때까지 끝없는 이야기를 나누며 시작되었고, 우리의 모든 이별은 서로에게 건넬 말이 없을 때 시작된다는 것을. 죽음보다 두려워하는 남편의 명예를 위해 예르마는 깊게 깊게 몸을 웅크린다. 후안은 예르마 안에 타오르는 불꽃을 봤다. 언제 터져 나올지 모르는 활화산. 예르마를 감시하는 눈은 어디에나 있다. 남편 후안, 어두운 집에서 탐욕스럽게 빛을 발하는 시누이들의 눈길, 그리고 마을 사람들.

예르마 당신은 내가 그토록 아이를 원하는 걸 보면서 아이에 대해 한번도 생각해 본 적이 없어요?

후안 결코 없어.

후안은 예르마를 사랑하지도, 아이를 원하지도 않았다. 때가 되어 한 여자와 결혼했고, 집을 지키게 했고, 때론 한 침대에서 잤고, 일을 하러 나갔다. 그런 그에게 무슨 말을 할 수 있을까. 입 밖으로 내뱉는 이야기들은 더욱 깊은 절망과 상처만 남긴다. 예르마는 그런 가치 없는 결혼 생활 속에서 아이를 통해 자신의 존재 이유를 찾으려 했다. 하지만 실패한다. 결국 남편 살해로 막을 내리는 이 비극의 시작은 예르마의 불임도, 이로 인한 부부 관계의 파탄도 아니다. 출산으로만 완성되는 여성 존재의 불완전함에 대한 끈질긴 자각. 모성애를 본능이라 생각하는 풀리지 않는 주문. 예르마는 후안의 심장에 칼을 꽂음으로써 잉태의 싹을 잘라 버린다. 그녀는 비로소 자유를 얻었을까.

> **예르마** 가까이 오지 마세요. 내가 내 남편을 죽였어요.
>
> 내가 내 아이를 죽였어요!
>
> (무대의 안쪽에 있던 사람들이 다가온다. 순례 행진의 합창이 들린다.)
>
> (막이 내린다.)

* * *

2016년 영국 런던 영 빅 씨어터Young Vic Theatre에서 공연된 《예르마》는 무대와 스크린을 종횡무진하며 주목받고 있는 1984년생 젊은 감독 사이먼 스톤Simon Stone의 과감한 현대적 해석과, 예르마가 느끼는 환희와 좌절이라는 진폭 넓은 감정을 놀라운 흡입력으로 전달하는 빌리 파이퍼Billie Piper의 연기 덕분에 큰 성공을 거두었다. 이듬해인 2017년

재공연되더니, 그해 올리비에상 여우주연상과 최우수 리바이벌상을 거머쥐며 최고의 화제작이 되었다.

나는 2018년과 2020년, NT Live로 소개된 두 번의 상영을 모두 봤다. 보통 이런 재관람의 이유라면 작품이 꽤나 인상적이기 때문이겠지만, 실은 2018년 상영을 보고 실망했기 때문이다. 연출이나 연기력이 문제가 아니었다. 문제는 예르마였다. 그럼 로르카의 희곡 속에는 그녀에게 닿을 길이 있을까. 하지만 글 속에서도 내가 공감할 수 있는 예르마는 찾지 못했다. 오히려 작은 분노가 일었다. 1934년 스페인이나 2016년 런던이나 변치 않은 건 충만한 삶의 열정으로 가득한 한 여성이 결혼이라는 제도 안에서 아이를 원하며 시들어 가는 과정이지만, 나는 그녀의 고통에 끝내 공감하지 못했다.

그리고 2020년 다시 본 《예르마》. 로르카의 희곡과 비교해 보니 사이먼 스톤의 과감한 현대적 해석이 더욱 두드러져 보인다. 빌리 파이퍼는 '황무지'라는 이름이 무색하게 언제라도 생명을 탄생시킬 수 있을 듯 비옥한 육체에 짧은 블랙 가죽 스커트를 입고 남편을 유혹한다. 예르마는 라이프 스타일 저널리스트로 일하는 전문직 여성으로, 이제 막 런던 근교에 위치한 근사한 집으로 이사했다. 남편과 함께 건배. 모든 것이 완벽하다. 하지만 겉보기와 달리 사실 달라진 것은 없었다. 임신과 출산에 대한 고민을 블로그에 공개할 만큼 적극적인 여성이지만, 예르마는 여전히 여성의 영혼 깊숙이 숙명처럼 박혀 있는 자신의 존재 이유를 모성애에 두고 그 본능의 굴레에 갇혀 벗어나지 못한다.

로르카 희곡 속에 등장하는 남편 후안과 달리 브랜든 코웰Brendan Cowell이 연기하는 2000년대 런던의 남편은 예르마를 사랑하고 존중하지만 누구나 종종 저지르는 몰이해를 극복하지 못하고 두 사람의 결혼 생활은 끝을 향해 간다. 하지만 두 사람의 균열은 사실 잉태되지 않는 아이에 대한 예르마의 집착에서 시작된 것이다. 그래서일까. 사이먼 스톤 연출은 로르카 희곡에는 없는 장면을 더하여 예르마에게 이에 대한 책임을 묻는다.

결국 예르마는 아이를 잉태하지 못하는 자신의 배에 칼을 꽂는다. 근원의 파기. 로르카가 선택한 남편 후안의 죽음과, 사이먼 스톤 연출이 선택한 예르마 스스로의 파멸 중 무엇이 옳은 선택일까. 나는 예르마의 자살이 로르카 시대보다도 뒤쳐진 현대 여성들의 위치를 보여 주는 것 같아 슬프다. 여성의 모성애에 대한 투쟁은 한 치 앞도 나가지 못한 채 그토록 지난하다. 로르카의 희곡 속에서 예르마는 당시 사회에 대한 저항의 몸짓이었던 칼끝을 남편에게 겨누었지만, 사

로르카가 선택한 후안의 죽음.
사이먼 스톤이 연출한 예르마의 자멸. 무엇이 옳은 선택일까?
ⓒ NT Live

이먼 스톤의 예르마는 칼끝을 스스로에게 겨냥한다. 런던의 예르마는 아이를 잉태하지 못하는 척박한 땅인 자신의 몸을 스스로 파멸시킨다. 예르마는 더욱 참담하게 실패했다.

* * *

작가 페데리코 가르시아 로르카Federico García Lorca, 1898~1936를 만든 것은 스페인 안달루시아의 대지였다. 스페인 북부와 남부를 가르며 장장 400킬로미터나 펼쳐져 있는 시에라 모레나 산맥의 품에 안겨, 지중해와 대서양을 바라보고 있는 곳. 가장 비옥한 땅, 안달루시아. 이슬람교와 기독교, 유대교까지 3대 종교의 각축장이자 이들의 문화가 뒤섞여 그 어느 곳에서도 볼 수 없는 이국적인 아름다움을 간직한 이곳은 많은 예술가들에게 영감의 도시이기도 하다. 심장을 고동치게 하는 기타와 탬버린의 박자에 맞춰 붉은 치맛자락을 들어 올리며 정열적으로 플라멩코를 추는 안달루시아 집시 여인의 에로틱한 관능미는 조르주 비제Georges Bizet의 오페라《카르멘》을 탄생시켰다. 800년 동안 이 땅을 지배했던 이슬람 문명의 끝자락 나스르 왕조가 꽃피운 무어인 예술의 절정, 알함브라 궁전의 멜랑콜리는 프란시스코 타레가Francisco Tárrega의 기타 연주곡 '알함브라 궁전의 추억'에서 낭만적으로 펼쳐진다.

하지만 스페인 국민에게 이곳은 유럽 최초의 문명이 존재한 곳이자 수천 년 역사를 간직한 신비한 힘의 땅이다. '만물의 어머니이자 신들의 어머니'인 대지의 여신 가이아에 대한 경외심처럼, 안달루시아에는 땅의 정령 '두엔데duende'가 있다. 안달루시아만의 독특한 예술적 혼을 담은 두엔데는 특별한 경지에 이른 예술가가 경험하는 절정의 순간을 의미한다. '신들린 듯하다'라는 우리말로 이해할 수 있을까. 안달루시아 지방에 살던 에스파냐 집시들과 무어인들의 깊은 한과 열정이 어우러져 만들어진 신비감은 로르카의 삶을 관통하는 원류이자 그의 작품을 이해하는 시작이다.

로르카는 음악에 조예가 깊었다. 그의 시와 희곡은 음표를 달아 노래하듯 펼쳐진다. 동생 프란시스코의 회상처럼 로르카는 "언제나 말보다 음악이 먼저였다." 로르카는 천재 시인, 극작가로도 잘 알려져 있지만, 수준 높은 피아니스트이자, 작곡가, 그리고 화가이기도 했다. 그의 시와 희곡에서 음악은 로르카 세계의 문을 여는 열쇠다. 로르카 비극 3부작에서도 코러스들의 합창이나 노래는 중요한 상징성을 더할 뿐 아니라, 이를 제대로 음미하지 못하면 로르카 작품 특유의 의미를 놓칠 정도로 음악의 비중은 크다. 로르카의 글이 청각적이고 회화적인 상상력으로 펼쳐지는 것은 이 때문이다.

한 인간이 다다를 수 없는 예술성에 질투한 신들은 그를 너무도 일찍 이 세상에서 데려갔다. 로르카는 '소련의 스파이'로 몰려 1936년 8월 20일 새벽, 감옥에서 끌려 나와 비스나르와 알파카르 사이에 있는 벼랑에서 재판도 없이 처형당했다. 로르카의 나이 38세. 스페인 내전의 희생양으로 총살된 그의 시신은 어디론가 버려져, 그토록 사랑하던 조국 그 어디에도 그의 이름이 새겨진 묘지 하나 남아 있지 않다. 총살로 세상을 떠나기 4년 전부터 그는 자신의 운명을 미리 예감한 듯, 차례차례 그의 비극 3부작을 완성해 나갔다. 흔히 여성 비극이라고도 일컫는 《피의 결혼》, 《예르마》, 《베르나르다 알바의 집》 세 작품 모두 여성들이 주인공이다. 국내에서는 박정자 배우의 《피의 결혼》과 최근 뮤지컬로도 제작된 《베르나르다 알바》 등 두 작품은 여러 번 소개가 되었지만, 《예르마》는 무대로 만나보기 힘들었다.

로르카 작품 속에 등장하는 각기 다른 운명의 여인들은 그리스 비극을 떠올리게 한다. 로르카를 '스페인의 에우리피데스'라고 부르는 것도 이 때문일 것이다. 하지만 한편으로 그녀들은 운명의 굴레를 벗어던지려 발버둥을 친다. 비록 당시 스페인이 처한 사회 상황에 따라 굴복되고, 신의 저주 앞에 무릎 꿇더라도 이에 도전하는 강인한 여성상이 등장한다.

나는 로르카의 세 작품 중《베르나르다 알바의 집》을 가장 좋아한다. 새로 맞을 남편과 옛 연인 사이에서 괴로워하다가 결국 모두 죽게 되고 장송곡으로 결혼식을 여는《피의 결혼》보다, 사랑 없는 남편과의 결혼 생활을 아이의 출산으로 이어 가려는《예르마》의 무력함보다, 자매들의 꿈틀대는 생의 쾌락과 질투가 넘쳐흐르는《베르나르다 알바의 집》이 좋다. 살아 있는 사람들 같다. 동성애자이면서, 동시에 아름다운 여성과 나누었던 사랑과 성애 묘사에도 거침없었던 로르카가 그리는 여성의 이미지는 그의 희곡 속에서 찾을 수 있다. 젊은 시인이 인식한 여성의 운명은 결혼과 출산, 육아라는 역할과 사회적 관습의 굴레에서 더 나아가지 못한다. 하지만 그의 작품이 지금까지도 다양한 해석을 더해 공연되고 있는 건, 여성성에 대한 근본적인 질문을 하기 때문이다.

* * *

기억 속에서 엄마의 모습을 다시 뒤져 본다. 담배 연기를 피워 올리던 엄마의 뒷모습이 스쳐 지나가고, 그래, 엄마가 화장실 문을 열고 오줌을 누는 소리가 들린다. 사람의 오감은 늘 시각이 지배하지만, 이 청각의 기억은 끈질기다. 변기가 화장실 문 안쪽에 있어서 엄마가 앉아 있는 모습 대신 반쯤 열려 있는 문이 떠오르고, 그 오줌 소리만 생생하게 들려오는 것이다. 그럴 때마다 나는 "엄마, 문 좀 닫아!"라며 짜증 섞인 소리를 질렀다. 마치 오래전 엄마가 나에게 "문 좀 닫아 줄래?"라고 말한 것에 대한 화풀이처럼.

오래전 봤던 연극 《가을 소나타》에서도 유독 이 장면만 기억난다. 7년 만에 딸 에바의 집을 방문한 엄마가 화장실 문을 열고 오줌을 눈다. 화려한 드레스를 입고 전 세계를 누비며 연주를 하던 '완벽한 피아니스트'가 아니라 그래도 엄마라고 부를 수 있는 순간.

이젠 나이가 들어 흐트러진 늙은 엄마의 모습에 연민을 느껴야 하는 걸까, 아니면 옛날처럼 마음대로 집을 비우고, 또 마음대로 돌아와 가족을 지배하는 엄마의 한결같음을 미워해야 하는 걸까. 딸 에바는 엄마를 모른다. 어린 시절, 늘 문을 닫고 피아노를 치거나, 연주를 위해 집을 비운 엄마를 에바는 오랫동안 미워하고 아파하고 사랑했다. 하지만 늙은 엄마는 여전히 이기적이다. 큰딸 에바가 결혼을 하고 아들을 낳고, 또 그 아이가 네 살이 될 무렵 사고로 죽는 동안에도, 엄마는 연주 파트너이자 불륜 관계였던 남자의 곁에 있었다. 사지가 마비되어 온몸을 비틀어가며 간신히 신음소리를 내는 에바의 동생을 만나는 건 더욱 하기 싫은 일이었다. 두 딸을 통해 자신이 더 좋은 엄마가 아니라, 더 좋은 피아니스트가 되려고 노력했던 과거와 마주한 엄마는 황급히 에바의 집을 떠난다. "난 널 낳고 싶지 않았어."라는 말과 함께.

그러면 나는 그때 무얼 두려워했던 걸까. 혼자 있고 싶어 했던 엄마를? 가끔 들리던 엄마의 한숨을? 나는 엄마에 대해 무엇을 알고 있나? 엄마는 엄마로 살았던 삶이 행복했을까? 어느 해 겨울, 엄마에게 둘이 여행을 가자고 청했다. 엄마가 좋아하는 평창 오대산 월정사로 차를 몰았다. 월정사 일주문으로 향하는 전나무 숲에는 눈이 하얗게 내려앉아 있었다. "엄마는 꿈이 뭐였어?" 엄마는 아무 말도 없이 눈을 밟으며 걸었다. 마당의 눈을 쓸고 계시는 스님을 향해 합장을 하고 나서 나를 돌아본 엄마의 눈빛은 조금 떨렸고, 참 오랜만에 미소를 지었다.

"시인."

그날 이후, 나는 엄마가 피워 올리던 담배 연기와 한숨을 이해했다. 엄마는 침묵 속에서, 엄마가 할 수 있는 만큼, 힘껏, 나를 사랑했다. 때론 좋은 엄마가 되지 못하는 게 아닐까라는 자책감으로, 때론 꿈을 포기한 아쉬움으로. 그 모든 감정이 그리는 그림자를 이해하게 되었다. 모성애란 산업화 이전에는 존재하지 않았던 것이고 만들어진 게 아니라, 모든 것을 다 바치는 희생의 다른 이름이 아니라, 아이를 각자 자기 방식대로 사랑하는 세상 모든 엄마들의 고백이다. 그래서 모성애는 환상이다.

엄마 괜찮아, 엄마도 엄마는 처음 하는 거였어.

예르마(Yerma)

◆ 페데리코 가르시아 로르카(Federico Garcia Lorca)
◆ 1934년 마드리드 에스파뇰 극장 초연

"《예르마》는 줄거리가 없다. 작품을 이룬 여섯 장이 흐르는 동안 그저 전개되어 나갈 뿐이다."《예르마》는 로르카의 말처럼 뚜렷한 갈등 구조도, 스토리도 없다. 스페인 시골을 배경으로 예르마라 불리는 여인의 무료한 결혼 생활과 아이에 대한 갈망이 충족되지 않는 과정이 시 같은 운문으로 그려질 뿐이다.

예르마는 후안과 결혼한 지 2년째다. 남편 후안은 일 때문에 집에도 들어오지 않고 예르마에게도 무관심하다. 남편 대신 그녀의 빈자리를 채울 건 이제 아이뿐. 예르마의 아이에 대한 갈망은 날이 갈수록 커져만 간다. 3년이 흐른다. 여전히 그녀는 혼자다. 남편의 사랑도 아이도 없다. 감옥 같은 집에서 예르마를 지키는 두 시누이의 감시가 더욱 목을 죄어 온다. 예르마의 유일한 말벗이었던 양치기 빅토르마저 떠나 버리고, 그녀는 더욱 큰 공허감에 갇히지만 탈출할 곳은 어디에도 없다. 마을의 늙은 여인은 후안을 버리고 자신의 아들과 도망가라고 하지만 그녀는 모든 희망을 포기한다. 그리고 남편을 죽인다.

난 외로워, 무척이나

— 테네시 윌리엄스,
《뜨거운 양철 지붕 위의 고양이》

내가 어떤 기분이 드는지 알아, 브릭?

난 언제나 뜨거운 양철 지붕 위의 고양이 같은 기분이 들거든.

_ 마거리트

그녀의 부고 소식이 담긴 신문을 읽은 건, 토요일 아침이었어. 아내와 짧은 섹스를 마치고 뜨거운 샤워를 한 뒤였지. 섹스를 하면서도 멈출 줄 모르던 두통이 어느새 사라져 한층 나아진 기분으로 침실로 돌아오니, 아내는 벗은 등을 내놓은 채 다시 잠들어 있더라. 담요를 끌어당겨 아내의 어깨를 덮어 주었어. 인기척에 잠이 깨었는지, 아내는 눈을 그대로 감은 채 내 손을 가볍게 잡았어. 나는 잠시 그대로 서 있었지. 그리고 가만히 손을 빼고 아내의 어깨를 토닥인 후 침실 문을 닫고 주방으로 향했어.

지난 밤새 많은 눈이 내렸어. 주방 창밖으로 보이는 잘생긴 선주목 위에 두껍게 쌓인 눈 때문에 가지가 꺾일 듯이 위태로워 보였어. 넌 우리 집에 오면 늘 선주목이 보이는 자리에 한참이나 앉아 있었잖아. 결혼 20주년을 기념하며 아내와 함께 올봄에 심은 관상수. 우리 부부에겐 꽤나 의미 있는 것이지만, 그 선주목이 눈의 무게를 이기지 못하고 가지가 부러진 채 눈 속에 처박혀 있었더라도 놀라지 않았을 거야. 난 이미 알고 있었으니까. 어젯밤 나는 멈출 줄 모르고 집요하게 나무 위로 내려 앉는 눈의 비명 소리를 들었고, 눈의 무게를 견디며 몸을 더욱 웅크리는 선주목의 낮은 신음소리에 밤새 뒤척였거든. 며칠째 이어지는 불면증은 정신을 무디게 하는 대신, 오히려 감각의 끝을 더욱 날 세우게 했지.

차 한 잔 마시고 눈을 좀 치울 생각이 들었어. 전기 포트에 물을 담고 전원을 넣은 후, 현관문을 빼꼼히 열어 신문을 집어 드는데, 어찌나 춥던지. 몸서리를 치며 재빨리 문을 닫았어. 손에 들려져 있는 신문 두루마리의 냉기에 온몸이 쭈뼛해지더라. 신문이 눈에 젖을 새라 꼼꼼하게 싸 놓은 비닐 포장에서 눈이 녹아 흐른 물방울이 엄지발가락 위로 뚝뚝 떨어졌어. 신문을 계속해서 구독하는 나에게 아내는 몇 번인가 같은 말을 했었지. "누가 요새 신문을 봐. 인터넷으로 보면 되잖아."

내가 하는 일에 반대하는 법이 없는 여자였어, 아내는. 네가 더 잘 알잖아. 같이 살기에 힘들어서 이혼을 한다는 부부들이 넘쳐나지만 아내는 같이 살기 불편함이 없는 그런 여자였어. 아, 그 흔한 여자들의 투정 한 번 없었지. 처음엔 짧은 연애 후 이어진 결혼이 아직은 서로에게 어색해서 그런 건가 싶었다가, 그래도 이건 너무하다 싶을 정도로 어떤 감정의 표현도 없었지. 나를 사랑하지 않는 건 아닐까라는 생각도 했었던 것 같아. 20년을 함께 살면서 한결같았지, 아내는.

나이가 들어도 줄어들 줄 모르는 집사람의 잔소리 등쌀 때문에 힘들다는 친구들은 "복 받은 줄 알라고." 말하지만, 어떤 안도감 속에서도 한편 그런 아내의 존재가 더욱 묵직하게 내 어깨를 눌렀어. 나와 혜진의 관계를 알게 된 후 며칠 동안 연락도 끊고 사라졌던 내가 집으로 다시 돌아왔을 때도, 아무런 질문 없이 문을 열어 주었던 그런 여자였어, 아내는.

다 읽고 난 신문 더미를 치울 때 풍기는 잉크 냄새가 역하다고 했던 아내를 위해 신문 처리만큼은 조심스러웠지. 하지만 난 신문 구독을 계속했어. 토요일 주말판 신문은 할랑했어. 한 주에 쏟아진 수많은 신간 중 이건 꼭 읽어 봐야 한다며 꼽은 책 몇 권을 소개한 기사들이 이어졌지. 뜨거운 차를 담은 컵을 한 손에 들고 선 채로 무심코 신문을 훑어 나가던 내 눈이 멈춘 곳은 그녀의 이름이었어.

"저, 전혜진이 오늘 세상을 떠났습니다. 제 나이 올해 42세. 꼭 이 나이에 생을 마감하고 싶었습니다. 행복했던 인생이었습니다. 뜨겁게 사랑했고, 사랑받았고, 글을 썼습니다. 이만하면 꽤 괜찮은 삶이었습니다. 이 글을 읽고 있는 당신, 마지막으로 제 곁에 함께해 줄 것이라고 믿습니다."

"이 글을 읽고 있는 당신", 내 이름을 부르지는 않았지만, 그녀가 지목하고 있는 사람이 나라는 걸 알았어. 그녀다운 작별 인사야. 놀랐지만 웃음이 나더라. 혜진이 몹시도 그리워졌어. 나는 신문을 대충 접어 식탁 위에 던지고는 옷을 입고 간단히 짐을 꾸려 집을 나섰어. 꽤나 허둥댔던 것 같아. 아내는 깨우지 않았어. 정리 안 된 신문을 보고 뭐라고 하겠군, 아마 집을 나서며 잠깐 들었던 생각이 아내에 대한 나의 감정의 전부였던 것 같아. 20년을 함께 산 아내에게 든 생각이 겨우 '가지런히 정리된 신문'이라니.

갑자기 참을 수 없는 역겨움이 밀려왔어. 나와, 아내에게. 우리 둘 모두에게. 아내가 나와 함께한 시간만큼이나 그 긴 시간 동안, 다른 남자를 만나고 있었다는 걸 얼마 전에 알게 되었거든. 넌 이미 알고 있었니? 내가 아내에게 무슨 말을 할 수 있을까? 혜진과 지난 몇 년간을 함께했던 내가. 그리고 혜진 이전에도 때론 사랑이라 느낀 여자와, 때론 외롭다는 이유로 짧은 만남과 이별을 반복했던 내가. 아내를 사랑한 적 없던 내가.

나와 아내는 근사한 레스토랑에 앉아 서로를 향해 가식적인 미소를 짓고 팔짱을 끼고 집으로 돌아와 아무런 감정도 없는 섹스를 나누었던 거야. 무려 20년 동안. 아내의 그 무표정한 얼굴은 사실, 나에 대한 경멸감으로 가득했고, 그녀는 다른 사람의 사랑으로 그 삶을 버티고 있었던 거야, 늘 그 자리에서. 무서운 일이지. 그게 나에 대한 복수였을까. 그걸 이제야 깨닫다니. 이

사랑이라고 쓰고 나니 다음엔 아무것도 못 쓰겠다

제 혜진은 없지만, 아내에게 돌아갈 일은 없을 거야. 그저 이 허위로 가득 찬 결혼 생활을 끝내려 해. 혜진의 장례식이 끝나고 연락할게. 그럼 건강히.

* * *

대학교 3학년, 처음으로 호된 실연을 경험했다. 세 번째 맞는 캠퍼스의 봄은 나른하고, 사랑 없는 나날들은 죽을 만치 지루했다. 수업에 들어가는 대신 무심히도 쏟아지는 봄볕을 끌어안고 일렁이는 일감호를 바라보는 게 일이었다. 만남과 이별에 대해 생각했고, 그리고 처음으로 죽음을 가깝게 느꼈다. 갑작스런 이별도 아니었다. 우리는 서서히 서로에게 지쳐 갔고, 자연스레 연락이 뜸해졌으며, 간신히 우리를 지탱하고 있었던 감정의 조각들이 조금씩 조금씩 아래로 떨어져, 텅 비어 가는 모래시계처럼 사라지는 것을 그저 말없이 지켜보고 있었다. 우리는 마치 아무 일도 없는 것처럼 몇 달을 함께 더 시간을 보냈다.

이별보다 힘들었던 건, 그의 입에서 매일처럼 반복되던 "사랑해."라는 말이었다. 나는 언제부턴가 한 번도 입 밖에 내지 못한 그 말들을 그는 마치 "밥 먹었니?"라는 말보다 가볍게 입에 올렸다. 어느 누가 헤어지자는 말도 없이 그고에게 전화 한 통 하지 않는 나날들이 쌓여 갔고, 매일 수십 번도 넘게 전화를 하던 서로에게 전화를 걸어 말을 건네는 것이 어색해지는 순간이 찾아왔다. 이게 이별이구나. 다 정리되었다 생각한 사랑이었지만 아팠다. 사랑도 미움도 모든 게 정리된 감정이라 생각했지만, 매일 보고 만지던 사람을, 내 흔적이 남겨진 사람을 어느 날부터 보지 못한다는 상실감은 너무나 쓰라렸다.

그때, 오랜 결혼 생활 뒤에 오는 충만함 대신 관계의 허무와 허위, 그리고 참을 수 없는 가식에 대해 쓰고 싶어졌다. 결혼의 유산이라는 것이 어릴 적 읽었던 "그리고 두 사람은 오래오래 행복하게 살았답니다."가 아니라 "두 사람은 싸우고 괴로워하고 고통받다 헤어졌습니다."라는 생각을 처음으로 했던 것 같다. 도대체 긴긴 결혼 생활을 가능하게 하는 건 무엇일까. 늘 넋두리처럼 이어지는 "자식 때문에 살았지."가 정답은 아니지 않을까.

"행복한 가정은 모두 비슷하지만 불행한 가정은 저만의 방식으로 불행하다." 톨스토이의 《안나 카레니나》를 다시 읽었다. 어떤 가정이든 행복한 데는 별다른 이유가 없지만, 불행한 데는 제각각의 이유가 있다. 그러니 "자식 때문에 살았지."라는 넋두리 뒤에는 말 못하는 수많은 체념과 비난, 동정, 포기가 있다. 그중 으뜸가는 불행이란 바로 관계에서 오는 허무라고 생각했다. '결혼'이라는 약속 때문에 그 질식할 것 같은 숨 막힘을 왜 참아 내야 하는 걸까.

남편과 아이를 버리고 떠난 안나를 비난했다. 하지만 조금씩 변해 가는 브론스키의 사랑을 붙잡기 위해 변해 가고 애원하는 안나처럼, 나 역시 그랬다. 하지만 그런 안나의 사랑을 집착이라 느끼는 브론스키가 속으로 뇌까리는 말을 읽은 순간 내 뺨이 뜨거워졌다. 브론스키의 아이를 임신한 뒤 더욱 예민해진 안나를 보고 브론스키는 생각한다. '정신적으로나 육체적으로나 추한 모습.' "왜 이렇게 변한 거야?"라며 그를 돌려세우던 나를 보며 그도 역시 이런 생각을 했을까.

"네 노트북을 던져 버릴 거야. 네가 밤새 쓴 글들을 다시는 못 볼 줄 알아." 노트북을 가운데 두고 우리는 뒤엉켜 바닥에 뒹굴기도 했지. 너를 화나게 하려면 어떻게 해야 하는지 난 너무나 잘 알고 있거든. 그리고 널 기쁘게 하는 것도 언제나 나였지. 이 세상에서 나보다 더 잘 알고 있는 사람은 없으니까. 너를 이토록 잘 알고 있다는 게, 서로에게 이렇게 무기가 될 줄이야.

＊ ＊ ＊

(브릭이 마거리트를 향해 목발을 내리친다. 탁자 위에 놓여
있던 보석 같이 빛나던 램프가 산산이 부서진다.)

마거리트 스키퍼는 죽었어! 나는 살아 있다고!
고양이 매기는…
(브릭은 어설프게 앞으로 깡충깡충 뛰어나와서
목발로 다시 마거리트를 내려친다.)
살아 있단 말이야! 나는 살아 있어, 살아 있다고!
나는…[11]

  희곡의 이 장면은 리처드 브룩스Richard Brooks 감독이 영
화로 제작한 〈뜨거운 양철 지붕 위의 고양이〉와 함께 떠오
른다. 이제 막 샤워를 마치고 나온 폴 뉴먼Paul Newman의 탄
탄한 가슴, 그리고 가녀린 허리와 풍만한 가슴을 드러내는
슬립 차림의 엘리자베스 테일러Elizabeth Taylor. 이 오래된 영
화 속에서 젊은 폴 뉴먼과 엘리자베스 테일러가 내지르고,
던지고, 파괴하는 날것의 열기에 숨이 막힐 정도다. 나는 살
아 있다고!
  사실 《뜨거운 양철 지붕 위의 고양이》의 유명세는 1955

년 브로드웨이에서 초연된 공연이 아니라 1958년에 제작된 동명 영화의 성공 때문이다. 엘리자베스 테일러와 폴 뉴먼의 전성기 시절을 그대로 담고 있는 이 오래된 흑백 영화는 두 주인공이 모두 고인이 된 지금, 더욱 아련하게 다가온다. 한 줌도 안 될 듯한 허리와 미끈한 종아리가 돋보이는 슬립 차림의 엘리자베스 테일러. 그녀의 젊음이 부질없게도 아름답다. 목화밭을 지키기 위해서는 꼬리를 바짝 세운 고양이가 노려보듯 도도하게 굴다가도, 브릭의 품을 파고들면서 사랑을 이야기하는 엘리자베스 테일러의 다채로운 연기력은 지금도 '마거리트' 하면 그녀를 떠올리게 만든다.

폴 뉴먼은 마치 기품 있는 한 마리의 검은 표범 같다. 나른하게 누워 있다가 한 발, 한 발 먹잇감을 향해 발을 뗴 놓는 순간, 놀라운 속도로 뛰기 시작하면서 공중에 그려지는 아름다운 유선. 그의 신비한 푸른 눈동자에 잠들어 있는 맹수의 야만성은 이 남자를 더욱 섹시하게 만든다. 온통 여자 이름으로 인생의 페이지를 채웠을 것 같은 폴 뉴먼의 곁에는 50년 동안 단 한 명의 여자가 있었다. 배우 조앤 우드워드Joanne Woodward. 바람 잘 날 없는 할리우드에서 한 사람을 오랫동안 사랑하는 일이란 마치 전설처럼 전해지는 법. "조앤은 커다란 나무줄기를 등지고 앉아 다리를 뻗고 있었어요. 그 무릎 위에는 폴의 머리가 있고, 음악을 들으면서 가끔 손을 뻗어 조앤의 얼굴이나 머리를 만집니다. 오늘에 이르기까지 그토록 낭만적인 광경은 본 적이 없습니다."

애원하고 뒤틀리고 지독하고 폭력적인 마거리트의 사랑, 세상에 어디 고상하고 아름답고 헌신적인 사랑만 있었던가. 사랑의 수많은 단면을 들춰내 보면 때로 얼굴 붉힐 순간이 얼마나 많은지. 세상 모든 연인들의 시작이 그렇듯이 한때 브릭과 마거리트도 뜨겁게 사랑했고, 서로를 원했다. 하지만 그들 사이에 브릭의 친구 스키퍼가 등장한다. 브릭은 스키퍼를 우정이라 생각했지만, 스키퍼는 아니었다.

마거리트는 여자의 본능적인 육감으로 브릭을 향한 스키퍼의 욕망을 단번에 알아차리고 그를 유혹한다. 사랑은 언제나 둘이 하는 법, 셋은 할 수 없지. "거 봐. 내 몸에 반응하지. 당신은 동성애자가 아니야. 여자를 사랑한다고. 그러니까 브릭을 놓아 줘." 하지만 사고가 일어난다. 스키퍼의 자살. 그는 마거리트와 섹스를 하지 못했고, 브릭을 사랑한다는 걸 깨달았고, 죽었다.

친구 스키퍼의 죽음 뒤에 마거리트가 있었다는 것을 알게 된 브릭은 술에 취한 채 살기 시작한다. 브릭과 마거리트의 관계는 끝이 났다. 냉담해진 브릭의 마음을 어떻게 되돌릴 수 있을까. "우리는 다시 사랑할 수 있을까. 다시 돌아와 줘, 브릭. 스키퍼가 나타나기 전 우리의 그 밤들로." 길고 무더운 미시시피의 여름, 목화 농장의 대저택은 이 집 주인 폴리트의 생일을 맞아 온통 떠들썩한데, 닫힌 침실 안에서 브릭을 다시 침대로 유혹하려는 마거리트의 유혹이 끓어오른다.

2017년 7월, 영국 웨스트엔드의 여름은 테네시 윌리엄스의 두 번째 퓰리처상 수상작《뜨거운 양철 지붕 위의 고양이》로 후끈 달궈졌다. 시에나 밀러Sienna Miller와 잭 오코넬Jack O'Connell의 만남이라니. 할리우드 스타이자 뛰어난 패션 감각으로 '시에넌센스Siennasance'라는 스트리트 스타일을 유행시킨 모델 시에나 밀러가 마거리트 역으로, 영국을 대표하는 불량 청소년 역 전문 배우라 불릴 정도로 거친 남성미와 섹시함으로 무장한 잭 오코넬이 브릭으로 캐스팅되었다. 테네시 윌리엄스의 희곡을 충실하게 살린 영화와는 달리 베네딕트 앤드루스Benedict Andrews 연출은 시대의 변화에 맞는 과감한 각색을 시도했다.

무대는 미국 개척기의 광활한 미시시피 대농장의 델타 맨션을 그대로 재현하는 대신, 현재 뉴욕의 어느 세련된 펜트하우스 거실을 옮겨 놓은 듯하다. 금빛의 대형 사각형 프레임 아래로 블랙의 모던하고 심플한 가구, 스위스 출신 무대 디자이너 마그다 윌리Magda Willi의 미니멀한 무대가 돋보인다. 하지만 이곳엔 창문도, 숨을 곳도 없다. 불행한 결혼 생활에 갇힌 젊은 부부의 출구 없는 감옥 무대 오른편에

《뜨거운 양철 지붕 위의 고양이》에 출연한 시에나 밀러와 잭 오코넬.
ⓒ Playbill

삐죽하게 솟아 있는 샤워기에도 몸을 가릴 만한 것은 없다. 이제 이곳에 있는 모두는 허위를 벗고 진실과 대면해야 한다. 어둠 속에서 물소리가 들리고 잭 오코넬이 나체로 흠뻑 젖은 채 샤워기에 기대 앉아 있는 모습이 서서히 드러나면서 연극은 시작된다.

테네시 윌리엄스Tennessee Williams, 1911~1983는 동성애자였다. 불과 50여 년 전이지만 당시 미국 사회에서 동성애는 불법이었다. 작가는 자신의 미래를 예견하듯 브릭을 그렸다. 브릭은 자신이 스키퍼의 사랑을 거부해 결국 친구를 자살까지 몰고 갔다고 괴로워하며 술을 마시기 시작한다. 테네시 윌리엄스 역시 동성애에 대한 편견에서 평생 자유롭지 못했고, 연인 프랭크 먼로가 1963년에 암으로 죽자 술과 마약에 빠져 지냈다. 시대가 변해 동성애자 부부가 가족을 이루는 세상이다 보니 브릭의 고뇌가 예전과 같은 무게로 전해지지는 않는다. 하지만 시에나 밀러와 잭 오코넬은 탄탄한 연기력으로 색이 바래져 가는 고전에 뜨거운 숨결과 긴장감을 불어넣었다.

"내가 어떤 기분인지 알아 브릭? 난 언제나 뜨거운 양철 지붕 위의 고양이 같은 기분이 들거든." 작품의 제목이기도 한 "캣 온 어 핫 틴 루프Cat on a hot tin roof"를 나른하게 발음하는 시에나 밀러가 어찌나 섹시하던지. 누가 이 매력을 거기

부할 수 있을까.

마거리트 난 외로워. 무척이나!

브릭   누구나 다 그래.

결혼이란 시소를 함께 타는 일이라고 생각했다. 네가 올라가고 나면 내가 올라가고, 그다음엔 또 네가. 그렇게 차례차례 오르락내리락 마주보며 웃는 일이라고 생각했다. 상대방의 무게만큼 서로의 다리에 힘을 분산하여 균형을 잡을 수도 있다. 하지만 그 무게 중심은 언제든 시소에서 일어나 떠나 버리는 사람 마음대로 깨져 버릴 수 있음을, 그토록 아슬아슬한 것이었음을, 난 한참이나 지나서야 알았다. 그가 떠난 겨울, 아무도 없는 텅 빈 놀이터에 아무도 올라타지 않은 시소는 기울어져 있었다. 발이 닿지 않는 허공에 혼자 남아 덩그러니 매달려 있는 것 같았다. 처음부터 시소란 그렇게 기울어져 있었다. 난 그걸 한참이나 뒤늦게 깨달았다.

《뜨거운 양철 지붕 위의 고양이》의 마거리트,《안나 카레니나》의 안나는 사랑에 솔직했고, 더 많이 사랑하는 걸 두려워하지 않았다. 동성애 낙인이 찍힐까 두려워하는 마거리트의 남편 브릭이나, 아이가 있는 유부녀와의 사랑을 바라보는 세상의 시선에서 자유롭지 못한 안나의 애인 브론스키와는 달랐다. 그녀들은 사랑을 지키기 위해 온 힘을 다했다. 하지만 끝까지 함께하리라 믿었던 당신의 식어 버린 사랑을 어떻게 비난할 수 있을까. 당신도 모르게 그렇게 되어 버린 것을. "사랑하는 사람과 같이 사는 게 완전히 혼자 사는 것보다 더 외로울 수 있어."라는 마거리트의 말은 안나의 말과도 같다. "난 사랑을 원해. 그런데 사랑이 없어. 그러니 모든 게 끝난 거야."

2013년 겨울 브로드웨이 리처드 로저스 극장 입구에 대형 현수막이 걸렸다. 스칼릿 조핸슨Scarlett Johansson이 가슴을 깊게 드러낸 드레스를 입고, 그 육감적인 입술을 살짝 벌린 채 비스듬히 누워 있는 흑백 사진. 2010년 아서 밀러의 《다리 위에서 바라 본 풍경》으로 브로드웨이 데뷔 신고를 치른 조핸슨이 3년 만에 무대에 섰다.《뜨거운 양철 지붕 위의 고양이》의 마거리트로. 연극 무대에 서는 것이 소위 잘나가는 여배우의 일탈이 아님을 그녀는 세상에 확인시켰다. 그동안 마거리트 역으로 무대에 섰던 수많은 여배우들이 미처 하지 못했던 그녀의 외로움에 대해 이렇게 말하면서. "저는 누군가와의 관계 속에서 외로움을 느낀다는 게 어떤 건지 알고 있어요. 특히 자신이 그 관계를 잘 이어 가려고 애쓰는 유일한 사람이라는 느낌이 들 때의 외로움 틸

이에요. 누군가 당신의 욕구를 무시하거나 그것에 대해 얘기하고 싶어 하지 않을 때 그것이 당신의 마음에 어떤 상처를 주는지 알고 있습니다."

마거리트 내가 어떤 기분이 드는지 알아, 브릭?
난 언제나 뜨거운 양철 지붕 위의 고양이 같은 기분이 들거든.

극의 마지막, 마거리트와 브릭은 섹스를 했을까. 그리고 브릭은 마거리트를 향해 조금 더 마음의 문을 열었을까. 두 사람은 아이를 낳고, 폴리트의 대농장을 상속받고, 때로는 사랑하고, 때로는 무료한 결혼 생활을 함께 이어 나갔을까. 브릭과 마거리트의 사랑은 이전에는 미처 알지 못했던 상대방을 알아 가고 이해하는 과정이다. 아마 많은 결혼 생활이 난관에 부닥치고 헤어짐을 결심하는 이유가 이 때문일 것이다.

* * *

결국 소설은 끝맺지 못했다. 한참 동안 내 기억 속에서도 사라진 이 원고가 갑자기 떠올랐던 건, 유독 눈 내리는 날이

사랑이라고 쓰고 나니
다음엔 아무것도 못 쓰겠다

많았던 지난겨울을 보내며 어디선가 들려오는 선주목의 무거운 신음소리를 들었기 때문이다. 나는 첫 번째 이별을 한 뒤, 몇 번의 사랑을 했고, 다시 이별을 했다. 그동안 몇 권의 책을 썼고, 일을 했고, 수많은 사람을 만나고, 또 헤어졌다. 그 다양한 관계 속에서 나는 그때마다 어울리는 가면을 벗었다 쓰기를 반복했다. 사랑하는 이에게도 마찬가지였다.

"너의 있는 그대로를 사랑하는 사람을 만나. 그게 진정한 사랑이야."라고 그는 말했지만, 그런 사랑은 없어. 나와 타인의 관계는 언제나 어느 정도의 가식과 허위 속에서 더욱 굳건해지더라. 있는 그대로의 나 자신이 나조차도 싫어질 때가 있는데, 타인은 어떻게 받아들이겠어.

난 오늘도 그에게 전화를 걸어 궁금하지도 않은 일상을 묻고, 나에 대한 험담만 온통 늘어놓고 다니는 직장 동료와 웃으며 점심 식사를 하다가 근사한 플레이팅의 요리를 몇 컷 찍어 페이스북에 올려놓고, 하품만 나오고 무료한 저녁 모임 자리를 박차고 일어나는 대신 도움이 필요한 선배가 불쾌해진 얼굴로 택시를 타고 들어가는 걸 본 뒤에야 집으로 돌아온다.

세상을 떠나면 미리 써 둔 부고를 신문에 내리라 생각했던 건 나의 바람이었다. 고인이 세상을 떠난 뒤, 황망한 마음으로 그의 가족들이 문자로, 전화로 알리는 부고기 이니

라 내 죽음은 내가 제일 먼저 알리고 싶었다. 아직 그 부고
는 써 두지 못했지만, 이 미완성의 글을 다시 발견하고 나서
짧은 부고를 미리 써 두었다. 누구의 이름도 호명하지 않은
채, 그저 나와의 기억을 간직하고 있는 사람만이 내 장례식
에 오길 바란다. 그렇게 내 장례식에 모일 사람들을 몇몇 떠
올려 본다.

그때 나는 왜 글을 맺지 못했을까. 20대 초반, 그때의 나
는 부부를 지탱하는 사랑과 이해, 허위와 허무를 알지 못했
다. 그 긴 부부 생활을 끝맺는 이유를 제대로 설명하지 못했
다. 그래서 노트북을 접었고, 오랫동안 기억 속에 묻어 두었
다. 20년이 지난 지금, 다시 엔딩을 쓰자면… 글쎄. 집을 나
간 그 남자의 발걸음이 다시 집으로 향한다면, 그토록 경멸
하던 아내의 오랜 허무함을 이해하고 돌아온다면, 그런 귀
가를 아내는 받아들일 수 있을까. 바로 이 질문으로 시작할
것 같다.

긴 시간이 흐른 뒤 더욱 확실히 알게 된 건, 그 남자가 다
시 집으로 돌아올 일은 없다는 것이다. 아내의 허위는 허울
뿐인 결혼 생활을 지키기 위한 것이 아니기 때문이다. 너무
잘 알고 있는 것처럼 삶이란 게 애써 지키려 하지 않아도,
그렇게 두어도 흘러가니까. 누구나 삶에 찾아오는 권태로
움을 마주한다. 그 대상은 슬프게도 가장 사랑했고, 가장 오

래 곁을 지키고 있는 사람이겠지. 사랑의 색깔도 그렇게 서서히 바래 갔지. 그건 나의 몫이지, 그러니 당신의 잘못이 아니다. 누군가는 또 다른 타인에게 위로받기 위해 일탈을 할 테고, 누군가는 그 순간이 지나가길 조바심 내며 기다릴 것이다.

그 관계 속에서 의미 없는 사랑의 말을 하고, 의식적으로 당신을 보듬는 건 가식이 아니라 안간힘일 것이다. 다행히 우리는 사랑의 권태로움과 사랑의 종말을 너무나 잘 구별할 수 있으니까. 사랑의 모습이라는 것도 처음엔 총천연색 같다가 서서히 흐려지는 파스텔 톤으로 바뀌니까. 그것도 사랑이니까. 이미 끝난 사랑을 지속하는 것이 가식이고 허위다. 이별이 두려워서 이미 끝난 사랑을 붙잡고 있기도 했다. 그저 누구라도 곁에 있으면 되었다. 두렵지만 끝난 사랑은 놓아두자. 다행인 건 영원한 이별이란 없다는 것. 삶이란 만나고 헤어지고, 또 누군가를 만나는 기적의 순환. 그래서 우리는 이 외로운 별에서 살아간다.

뜨거운 양철 지붕 위의 고양이(Cat on a Hot Tin Roof)

사랑이라고 쓰고 나니
다음엔 아무것도 못 쓰겠다

◆ 테네시 윌리엄스(Tennessee Williams)
◆ 1955년 뉴욕 모로스코 극장 초연

3막으로 구성된 이 희곡은 미시시피강 연안 델타 지대의 거대한 목화 농장 상속을 두고 펼쳐지는 갈등을 그린다. 알코올 중독으로 은퇴한 왕년의 미식축구 스타 브릭과 그의 아내 마거리트는 대농장의 주인이자 브릭의 아버지인 폴리트의 65세 생일 파티를 위해 고향에 내려왔다.

브릭은 지난밤 술에 취한 채 운동장에서 장애물 넘기를 하다가 다쳐 목발에 의지해 절뚝이고 있고, 옆방은 브릭의 형인 구퍼와 여섯 번째 아이를 임신한 메이 부부, 그리고 다섯 아이의 노랫소리로 소란스럽기만 하다.

행복해 보이는 생일 파티 이면에 도사리고 있는 가족 간의 추악한 갈등. 암으로 시한부 선고를 받은 폴리트의 임박한 죽음 앞에서 변호사인 큰아들 구퍼 부부는 폴리트가 자수성가로 일궈 낸 목화 농장이 둘째 아들 브릭 부부에게 돌아갈까 전전긍긍하고 있다. 이들의 목적은 단 하나, 폴리트가 가진 막대한 유산의 상속자가 되는 것이다. 매기는 상속을 위해서라도 임신을 간절히 원하지만 브릭은 어찌 된 일인지 이 매력적인 아내에게 전혀 관심이 없다.

두 사람의 치열한 말다툼 끝에 브릭의 친구 스키퍼가 등장하고 애정 없는 불행한 결혼 생활의 원인이 서서히 드러난다. 스키퍼의 자살로 브릭은 술에 취한 채 의미 없는 삶을 살아가고, 매기는 그의 사랑을 간절히 원하면서 거짓 임신 발표로 사랑도, 유산도 손에 쥐려 한다.

너에 대한 나의 기억

— 루비 래 슈피겔,《마른 대지》

그래도 너한테 자유가 있어야 된다고 생각해.

선택할 자유 말이야.

_ 에스터

친구가 자살했다.

겨울이 끝나지 않은 봄이었고, 우린 스무 살이었다. 그런데 언제, 누가 내게 그 죽음을 알린 걸까. 밤늦게 집으로 걸려 온 전화를 받은 건지, 신입생 환영회가 열린 고기 비린내 가득한 고깃집에서 소주를 들이붓다가 들은 이야기인 건지, 도무지 기억이 나질 않는다. 인적이 끊긴 텅 빈 거리에서 무척이나 울었던 기억만 선명하다. 배경과 소리는 모두 사라지고, 진공이 된 공간에서 나만 울고 있었다. 죽기엔 너무 이르잖아, 우린.

내가 지연이를 만난 건 고등학교 2학년이었다(죽은 친구의 이름은 아직도 내게 아파서, 잘 부르지도 쓰지도 못한다. 그래서 다른 이름을 쓴다). 새 학년이 시작되는, 겨울이 끝나지 않은 봄. 달력은 3월인데 겨울보다 더 으슬으슬하고 추운 그때가 난 너무 싫었다. 새로운 담임 선생님, 모양은 똑같지만 위치만 달라진 새로운 교실의 내 자리, 또 잔뜩 긴장한 얼굴로 서로를 살피는 새로운 친구들도 불편했다. 그래서인지 지금도 내게 3월은 새롭고 활기찬 시작의 시간이라기보다는 정들었던 것들과 헤어져 다시 적응해야 하는 시간이고, 이상하게도 겨울보다 더 추운 시간이다. 3월의 어느 날, 지연이가 죽은 뒤로는 더욱.

신학기의 첫 주가 조용히 지나갔다. 고3이 목전인 아이들은 더욱 비장해졌고, 우울해 보였다. 쉬는 시간에도 책을 펼치고 앉아 있는 아이들이 더 많아졌다. 구수한 밥 냄새와 시큼한 김치 냄새, 진한 된장국 냄새를 풍기며 도시락을 까먹던 아이들도 고작 겨울 방학 두어 달 사이에 철이 들었는지, 가만히 책을 들여다봤다. 나도 다음 시간에 예정된 영어 쪽지 시험을 위해 단어장을 내려다보고 있는데, 뒤에서 목소리가 들려온다. "그 에센스 사전 좀 잠깐 빌려줘."

지연이었다. 지연이는 그렇게 불쑥 내 삶에 들어와서 내 10대의 1년을 에센스처럼 함께 살다가 사라졌다. 지연이는 '학교 짱'이었다. 정확하게 말하자면 여자 짱. 신도시 비평준화 남녀 공학 고등학교에 다니던 우리에겐 매 학년마다 짱이 두 명 있었다. 여자 짱, 남자 짱. 사실 우리 반의 조용한 일주일은 여자 짱을 먹고 있던 지연이를 지켜보는 호기심과 두려움이 뒤섞인 탐색의 시간이었던 것이다. 하지만 '여자 짱'이 있다고 달라진 건 아무것도 없었다. 1학년 때부터 지연이를 우상처럼 따라다니던 아이들이 교실 밖에 모여 웅성대다가 선물을 건네는 장면을 매일 봐야 하는 변화랄까. 그 아이들 옆을 지나는데 가벼운 탄식이 흘러나온다. "아, 존나 멋있어."

지연이는 늘 내 에센스 사전을 빌려 갔다. 돌아보지 않았으니 뭘 찾아봤는지는 모르겠다. 그런데 며칠 후, 지연이가 보고 돌려준 에센스 사전에 쪽지가 끼워져 있었다. "오늘 야자 한번 빠져라. 같이 놀러 가자." 가슴이 두근거리기 시작했다. 한 번도 해 보려고 하지 않은, 아니, 해 보고 싶지도 않은 일탈이었다. 그냥 아침에 일어나서 학교에 나와 수업을 듣고, 그 수업이 끝나면 야간 자율 학습을 하고, 집으로 돌아가는 일의 반복에 난 이의가 없었다. 초등학교 내내 올 '수'를 받고, 전액 장학생으로 중학교에 진학했던 내게 부모님은 기대를 거셨다. 이제 남은 2년 바짝 조이면, 부모님도 선생님도 나도 모두가 원하는 대학에 갈 수 있을 것 같았다. 그런데 야자를 빠져도 되나, 그래도 되나.

오후 수업이 아무것도 귀에 들어오지 않았다. 점점 끝날 시간이 다가오는데, 톡톡, 지연이가 등을 두드리더니 쪽지를 건넨다. "수업 끝나면 후문으로 나와. 내 오토바이가 보일 거야." 종소리가 우렁차게 울리자 아이들이 주섬주섬 도시락을 꺼낸다. 엄마가 아침에 싸 준 저녁 도시락을 한참이나 내려다봤다. 열지 않은 보온 도시락 통을 가방에 밀어 넣

고, 벌떡 일어나 교실 문을 열었다. 후문으로 나가니 검은
색 오토바이 옆에 서 있던 지연이가 나를 향해 손을 흔든다.
"야, 너 나왔구나!" 지연이는 혼자가 아니었다. 오토바이 두
대가 더 보였다. 하나는 남자애한테 매달린 여자애가 같이
타고 있었고, 또 하나에는 노란 머리 남자애가 운전대를 잡
고 있다가 나를 빤히 바라봤다. '학교 앞 주유소의 노란 머
리'였다. 아빠가 단골로 들르는 학교 앞 주유소에서 일하고
있던 그 애였다. 차에 기름을 넣고 나면 언제나 차 뒤 트렁
크를 세게 두드리며 "출발!" 하고 외치던 그 애. 조수석에
앉아 백미러로 훔쳐본 그 노란 머리 애는 아빠 차가 시동을
걸고 떠나기 시작하자, 바닥에 침을 찍 뱉더니 다른 차를 향
해 뛰어갔다. 빠트린 문제집을 가지러 점심시간에 허겁지
겁 집으로 뛰어갈 때도 그 아이를 본 적이 있었다. 노란 머
리는 학교에 가는 대신 주유소 마당 구석에서 담배를 피우
고 있었다.

　"야, 이쪽으로 타!" 지연이가 어느새 운전대를 잡고 앉아서
뒷자리로 손짓을 한다. 나는 커다란 가방을 엉거주춤하게 맨
채, 지연이 뒤에 앉았다. 처음 타 보는 오토바이에 엉거주춤
앉아 있는데 지연이가 외친다. "너 꼭 잡지 않으면 다친다. 그
럼 간다!" 지연이가 발을 구르며 손잡이를 당기자 오토바이
가 튕기듯 앞으로 나간다. "꺄악" 소리를 지르며 나는 지연이

의 길고 가느다란 등에 매달렸다.

우리는 도로를 한참이나 내달렸다. 주말 내내 갇혀 있어야 하는 아파트 옆 학원을 지나, 가족들이랑 산책 가는 공원을 지나, 우리는 어디론가로 향했다. 어디든 괜찮았다. 어느새 어둠이 내려앉고 있었다. 가로등 불빛이 가느다랗게 비추는 인근 야산의 등산로 옆에 오토바이를 세우고 우리는 술을 마셨다. 남자아이들의 가방에는 1.5리터 사이다 세 병이 있었다. 사이다를 섞은 소주는 달콤했고, 계속 웃음이 났고, 금세 취했다. 나는 까무룩 잠이 들었다. "야, 일어나 봐." 지연이 목소리에 눈을 뜨니 아파트 정문 앞이었다. 시계를 보니 11시 10분. 야자가 끝나고 집에 도착할 시간이었다. 엄마가 술 냄새를 맡으면 어쩌지. 잔뜩 죄지은 기분으로 아파트 현관문을 여니 안방에서 엄마 목소리가 들린다. "이제 오니?" 나는 얼른 내 방으로 들어가 문을 닫았다. "밥은 왜 안 먹은 거야?"라는 엄마의 추궁을 듣기 싫어 가방에서 보온 도시락을 꺼내 식은 밥과 반찬을 천천히 입에 넣고 씹었다. 무슨 일이 일어난 거지. 마치 원더랜드에서 길을 잃은 앨리스 같았다.

그 뒤로 우린, 나와 지연이는, 함께 많은 시간을 보냈다. 점심을 같이 먹었고, 야자를 더 자주 빠졌다. 밤이면 인적이 끊기는 신도시 학교 인근 지하도가 우리의 아지트였다.

그날도 야자를 빠지고 둘이 앉아 있는데 지연이가 말했다. "난 아빠가 없어. 아니 있었는데, 우리 아빠가 엄마를 존나 패서 엄마가 갓난아기인 나를 안고 도망쳤대. 그래서 엄마 랑 둘이 살아. 엄마는 시장에서 일하고." 담배 연기를 내뿜 는 지연이에게 난 아무 말도 하지 못했다. 위로의 말, 희망의 말, 그딴 건 아무것도 생각나지 않았다. 그냥 담임 욕을 했 고, 어느 가수 이야기를 했다. 지연이가 영어 공부를 하자고 해서 지하도에 앉아 단어를 외우기도 했지만, 내 머릿속엔 공부 대신 온통 지연이 생각이었으니 당연히 성적도 떨어졌 다. 부모님과 선생님은 채근을 하기 시작했지만, 난 괜찮았 다. 공부는 하고 싶지 않았다. 곧 여름 방학이 시작되었다.

지연이의 집으로 몇 번 전화를 했는데 받지 않았다. 이상 했다. 또 몇 번을 했는데 받지 않았다. 나는 조금 울었던 것 같다. 그렇다고 다시 공부를 하기는 싫었다. 책을 읽고, 또 읽는 게 전부였다.

개학 첫날. 지연이의 길고 가느다란 등이 동그랗고 도톰 해져 있었다. 아무도 지연이의 변화를 눈치채지 못한 것 같 았지만, 나는 알았다. 지연이는 달라져 있었다. 부쩍 부풀어 오른 가슴이 도드라지게 꽉 끼고, 허리선에 딱 맞게 수선한 교복 블라우스의 단추가 팽팽해졌다. 톡 건드리면 터질 만 큼. 지연이는 마치 어제도 만난 사람처럼 "안녕!" 인사를 하는데, 나는 화가 나서 대꾸도 하지 않았다. 대머리 영어 선생님의 앞이마가 번들거릴 정도로 더운 수업 시간, 문법 설명이 한창인데 지연이가 쪽지를 휙 던진다. "나 임신했어. 곧 학교 짤릴 거야."

그다음 날부터 지연이는 학교에 나오지 않았다. 담임 선생님은 조례 시간에도, 종례 시간에도 아무 말도 하지 않았다. 우리 반 아이 중 누구도 지연이의 행방을 묻지 않았다. 중학교와 고등학교 내내 '임신'이라는 말은 입 밖으로 내뱉을 수 없는 1급 불결어였기 때문이다. 그다음 순위엔 뭐가 있을까. 섹스, 낙태?

* * *

"옛날에 치어리더 했을 때 씨발 이렇게 숙여서 가슴 보이고, 존나 섹시한데 뭔가 더러운 거 있잖아. 섹스랑 관련 있고 섹스는 더러우니까."

"섹스가 더러운 거 같지는 않아."

"섹스 해 봤어?"

"한 번. 트램펄린 위에서. 계속 흔들렸는데 기분이 좋기도 하고."[12]

우린 왜 그때, 섹스를 더럽다고 생각했을까. 섹스를 하면 임신을 하고, 임신을 하면 낙태를 해야 한다는 그 막장 같은 엔딩밖에 몰랐으니까. 섹스가 사랑의 행위라는 것은 스무 살이 넘어야 가능한 변명 같았다. 10대의 섹스란 무모함과 호기심이 앞선 충동일 뿐이라고 치부되었다. 책임도 못 지는 사랑은 사랑이 아니라고 어른들이 말했다. 임신을 해서 출산까지 9개월, 그리고 예기치 못한 자연 유산부터 3~4개 월경에 결심하는 임신 중절까지. 혼전 순결에 대한 이야기는 꺼내지도 못하는 세상이 되었지만, 내 아내가 될 여자가 낙태를 한 경험이 있다는 것을 쿨하게 받아들일 남자는 많지 않을 것 같다. 그러니 평생 낙태라는 주홍 글씨를 숨기고 살아야 할 수밖에. 하지만 나는 임신한 지연이를 보며 생각했다. '섹스는 같이 했는데, 왜 섹스의 책임은 지연이 혼자 지는 거지?' 섹스는 육체적으로 여성과 남성이 결합하는 일이지만, 섹스 이후의 일은 오롯이 여성의 몸으로 겪어야 한다. 그러니 '내 몸'으로 임신 상태를 이어 나갈지 아닐지 선택할 권리도 '내게' 있어야 하지 않나.

미국 작가 루비 래 슈피겔Ruby Rae Spiegel이 쓴 희곡《마른 대지Dry Land》는 고등학교 수영부 친구 사이인 에이미와 에스터의 이야기다. 학교에서 '걸레'로 소문난 에이미는 원치 않는 임신을 했다. 이제 10주째. 곧 온몸이 둥그스름해질 것이다. 아이를 낳아 키울 생각은 전혀 없다. 엄마가, 선생님이, 그리고 더 많은 사람이 '걸레'라고 손가락질하기 전에 아기를 지워야 한다. 하지만 안 그래도 어려운 낙태 수술을, 그것도 미성년인 에이미가 받을 방법은 없다. 법의 테두리 안에서 산부인과 의사의 소독된 도구로 '안전하게' 임신 중절 수술을 할 수 있게 된 것은 사실 그리 오래된 일이 아니다. 신기하게도 아시아, 미주, 유럽이고 할 것 없이 전 세계가 똑같다. 작품의 배경이 되는 미국 플로리다주는 그나마 지구상에서 임신 중절이 허용된 얼마 안 되는 곳이지만, '당연히' 18세 미만의 미성년 여성은 부모의 허가가 필요하다.

여성의 출산 선택과 권리를 제한하는 낙태는 최근까지 '죄'였다. 1960년대까지 프랑스에는 '낙태죄'가 있었다. 낙태를 한 여성과 그에 동조한 자는 처벌을 받았는데, 이 법은 1970년대에야 폐지되었다. 2021년 미국 중간 선거의 승패는 '낙태법 부활'에 달려 있었다. 2021년 6월, 미국 연방 대법원은 헌법으로 보호된 낙태권을 폐지하는 판결을 내렸다. 1971년 성폭행으로 원치 않은 임신을 한 사건으로 발의된 임신 중지 허용법인 '로 대 웨이드Roe v. Wade' 판결 이후, 반세기 동안 지켜 온 낙태권이 순식간에 사라지는 순간이었다. 공화당의 트럼프 전 대통령이 대법과 세 명을 강경 고

수파로 임명한 것이 화근이었다. 공화당은 임신 15주 이후 낙태를 법적으로 금지하겠다고 나섰지만 민주당은 이에 반발하고, 낙태권 지지를 공약했다.

중간 선거에서 당초 공화당이 상원과 하원을 싹쓸이할 것이라는 이른바 '레드 웨이브Red wave, 공화당 압승' 전망이 우세했지만, 결과는 이와 달랐다. 중간 선거의 출구 조사 결과는 청년층과 여성이 낙태 불법화에 대한 반발로 공화당 심판에 나섰음을 여실히 보여 주는 지표였다. 18세에서 29세까지 젊은 유권자 중 44퍼센트가 트럼프의 유산인 공화당의 낙태법 부활 공약을 향해 앞장서서 돌을 던졌다. 소위 인권 선진국이라는 프랑스나 미국도 이런 상황인데, 우리나라 사정은 어떨까. 우리는 2019년에야 낙태죄가 온당치 않다는 판결이 있었고 결국 2020년이 되어서야 완전히 폐지되었다.

"근데 '그거'라고 안 부르면 안 돼? 너를 때리는 건 상관없는데, 다른 걸 때리는 건 싫어. 그래도 너한테 자유가 있어야 된다고 생각해. 선택할 자유 말이야."

에이미는 배 속의 아기를 늘 '그거'라고 부른다. 이름이 있는 사람도, 그렇다고 물건도 아닌 '그거'. 그리고 '그거'를 지우기 위해 에스터에게 도와 달라고 말한다. 힘껏 배를 내려치거나, 긴 뜨개바늘을 질 속에 넣어 휘젓거나, 세제를 마셔 보거나, 에이미가 혼자 할 수 있는 일은 다해 본 뒤다. 하지만 에스터는 에이미 배 속에 있는 레몬 크기의 생명체를 '그거'라고 부르고 싶지는 않다. 그래도 에스터는 인정한다. 아이를 낳을지, 키울지는 온전히 에이미의 선택이라고. 결국 에스터가 몰래 훔쳐 낸 부모님의 체크 카드로 유산 유도제를 구해서 약을 먹은 에이미는, 아무도 없는 수영부 바닥에 신문지를 깔고 에스터의 품에 안겨 고통을 기다린다. 사소한 오해로 멀어졌지만, 둘은 다시 서로를 의지한다. 에스터는 따돌림을 당하는 에이미를 있는 그대로 받아들이는 유일한 존재다. 낙태는 언제나 배 속의 태아를 인격체로 보고 산모가 결정하는 선택을 살인으로 연결 지어 죄로 만든다. 몇 주 정도의 태아를 인격체로 볼 것인가라는 주장이 분분한 것이 이 때문이다. 대개 10주에서 15주 사이의 태아는 신체의 조건을 모두 갖춘 것으로 보고 이후부터 낙태를 금지한다. 하지만 단지 이 세상에 태어나게 하는 통로로만 엄마의 몸이 필요할까.

2021년 노벨 문학상 수상자 아니 에르노의 《사건》은 작가가 20대 때 실제로 경험했던 낙태에 대한 충격적인 기록이다. "수첩에 이렇게 적혀 있다. 임신, 끔찍하다."라고 시작되는 짧은 글 속에는 에르노의 격정적인 감정과 낙태 금지에 대한 고발이 휘몰아치는 소용돌이처럼 잠겨 있다. 스물세 살, 에르노가 겪은 '사건'은 그녀의 인생에 깊은 각인을 남겼다. 에르노 역시 에이미가 '그거'에 대해 느끼는 감정을 고스란히 적어 두었다. "사라지게 하리라 결심한 것을 굳이 명명할 필요는 없었다. 수첩에는 이것, 이런 것이라고 적었고 단 한 번 임신이라는 표현을 썼다."

《마른 대지》에서도, 《사건》에서도 내가 괴로웠던 것은 낙태의 순간이었다. 각각의 작품을 쓴 여성 작가들, 루비 래 슈피겔과 아니 에르노는 이 순간을 아주 오랫동안, 상세하게 묘사하길 원했다. 방과 후 아무도 없는 수영부의 라커룸 바닥에 누운 에이미는 고통의 비명 속에서 신문지를 흠뻑 적시고도 바닥에 흐를 만큼의 피를 쏟는다. 루비 래 슈피겔은 이 희곡의 서문에 당부하듯 이렇게 적어 두었다. "낙태 장면은 있는 그대로 보여야 한다."고. 무엇을 더하지 않아도 현실이 이토록 아프다는 점을 작가도, 또 2020년 두산아트센터 무대에 오른《마른 대지》의 윤혜숙 연출가도 말하려 한다. 에르노는 자신의 기숙사 방에서 친구의 도움으로 낙태를 한 그 순간을 이렇게 기억한다.

"우리는 둘 다 내 방에 있다. 다리 사이에 태아를 놓고 침대 위에 앉아 있다. 우리는 무엇을 해야 할지 모른다. O에게 탯줄을 끊어야 한다고 말한다. 그녀가 가위를 집어 든다. 어느 부분을 잘라야 할지 모르지만, 그녀는 그것을 자른다. 우리는 커다란 머리에 투명한 눈썹 아래로 두 개의 푸른 점 같은 눈이 있는 작은 몸을 바라본다. 인디언 인형 같다. 성기를 바라본다. 작은 남자 성기 같다. 그러니까 내가 아기를 만들어 낼 수도 있었다. O는 스툴에 앉아서 울고 있다. 우리는 조용히 운다. 삶과 죽음이 공존하는, 말로 표현 못할 장면이다. 희생의 장면."[13]

O처럼 나도 이 글을 읽다가 울고 말았다. 에르노는 두 개의 푸른 점 같은 눈이 있던 작은 몸을 평생 잊지 못했고, 그녀의 나이 예순이 넘어 이 기억을 아프게 소환해 냈다. 낙태를 한 범법자였던 그녀는 그 긴 시간 동안 아기의 명복을 빌지도 못했을 것이다. 그저 떠올리고 싶지 않은 기억이었을 테니.《사건》은 〈레벤느망 L'evenement〉이라는 프랑스 원어 뜻 그대로 영화로 제작되었다. 그리고 봉준호 감독이 심사위원장이었던 2021년 베니스영화제 황금사자상 수상작으로 결정되었다. 영화는 한국 관객 만 명도 못 채우고 조용히 막을 내렸다. 난 영화를 봐야 할지 망설였다. 너무 두려웠기 때문이다. 문자로 기록된 낙태의 기록도 이토록 마음이 아픈데, 시각화된 재현을 마주하기가 겁이 났기 때문이다. 결

2014년 미국 뉴욕 히어 아츠 센터(HERE Arts Center)에서 초연된 《마른 대지》.
사라 메차노테(Sarah Mezzanotte)가 에이미 역을,
티나 이브레프(Tina Ivlev)가 에스터 역을 맡았다.
ⓒ blackburnprize.org

국 나는 눈을 감은 채 영화의 반도 제대로 보지 못했다.

（불끄고 어두운 수영장 연습실 신문지 위에서 두 손을 잡고

있는 친구들）

（비명 소리 뒤에）

너 잘했어, 너 잘했어.

（화장실 물 내려가는 소리）

괜찮아, 네가 해냈어.

《마른 대지》에서 에이미가 고통스런 비명 뒤에 신문지
위에 '레몬' 크기의 '그거'를 낳고 피를 쏟자, 에스터는 말한
다. "너 잘했어. 괜찮아." 도대체 누가 잘못을 한 걸까. 부주
의한 임신을 한 에이미? 책임을 지지 않은 에이미의 남자
친구? 에이미의 낙태를 위해 엄마의 체크 카드를 훔친 에스
터? 연극의 다음 장면은 이에 대한 답을 한다. 에이미와 에
스터가 사라지고 난 뒤, 어두운 라커룸에 불이 켜지고 청소
하는 중년의 남자가 걸레를 들고 들어온다. 그리고 바닥을
적시고 흐르는 피 웅덩이를 아무 말 없이 내려다보고는, 걸
레로 피를 닦아낸다. 한 번 닦고, 물에 빨고, 다시 한 번 더
닦고, 물에 다시 빨고. 이미 수도 없이 본 풍경처럼 감정 없
이 반복되는 행위.

작품의 제목 《마른 대지》는 몇 번이고 피 웅덩이를 닦아 낸 뒤 단단해진 대지를 의미한다. 에스터는 에이미에게 플로리다주 에버글레이즈Everglades 매립에 관해 쓴 보고서를 읽어 준다. 과거 수십 종의 동식물들이 서식하던 미국 최대의 습지 에버글레이즈는 거주지를 확보한다는 명목으로 대대적인 '청소'를 한다. 그 땅에 살던 4,000명의 인디언은 죽임을 당하거나 추방당했다. 수많은 죽음과 희생 위에 굳은 '마른 대지'에서 또 다른 삶은 이어진다. 어떤 동요나 놀라움 없이 묵묵하게 바닥을 닦아 내는 청소부의 행동을 관객이 응시하게 하는 것, 이것이 작가와 연출이 지키려 했던 시간이다. 그 숨 막히는 침묵을 견디며 생각한다. 법의 테두리 안에서 깨끗하게 소독된 병실에 누워 수술 받지 못하고 찬 바닥에 누워야 했던 여자들과 아기들. 그 수많은 희생 위에 얻어 낸 '낙태는 선택 가능한 일'이라는 허락. 이 모든 것이 나를 비껴간 불행이니 다행이라고 할 수 있을까.

* * *

지연이는 퇴학을 당했다. 내 뒷자리에는 지연이 대신 다른 전학생이 앉았다. 저녁이면 제법 선선한 바람이 불기 시작했다. 야자를 끝내고 교문을 나서는데, 어둠 속에서 누군

가 나타나 어깨동무를 했다. 지연이었다. "집에 바로 들어가
야 돼? 그 지하도 가자." 꽉 끼는 교복 블라우스 대신 펑퍼
짐한 후드티를 입고 있었는데, 어쩐지 지연이는 동글동글
해져 있었다. 부드러워진 턱선도, 실루엣이 드러나는 배도,
또 등도. "아, 씨발, 이럴 생각은 아니었는데, 술 먹고 실수
였는데, 어쩔 수 없지 뭐. 그 머리 노란 애 알지? 걔가 애 아
빠야. 아 걔 존나 개망나니인데. 도망가서 애 낳을 거야. 아
들이래. 어제 병원에서 들었어." 무심한 듯 이야기하는 지연
이의 옆모습은 지하도의 어둠에 잠겨 있었다.

　"야, 너 왜 이렇게 불쑥불쑥 나타나서 네 이야기만 하고
사라지는 거야!" 나는 갑자기 소리를 질렀다. 여름 방학 내
내 연락도 한 번 없던 지연이에게, 또 학교 잘리고 나서도
한참이나 지난 뒤에야 나타나 아무렇지도 않게 임신 이야
기를 하는 지연이에게 서운했다. 아니, 지연이 어머니 홀로
지연이를 낳아 고생하시면서 키웠다는 말에, 또 지연이도
엄마처럼 사생아를 낳아서 키우겠다는 말에, 그럴듯한 위
로의 말 한마디 떠오르지 않는 내게 화가 났다. 아무리 머리
를 쥐어짜도 무슨 말을 해야 할지 몰랐다. 나와 지연이의 세
계는 그만큼 멀었다. 지연이는 피우던 담배 연기를 후우 내
얼굴을 향해 내뿜더니 내 어깨에 머리를 기댔다. "야, 넌 네
인생 살아야지. 여름 방학 땐 공부도 하고, 또 대학도 가고."

지연이 말대로 나는 대학에 갔다. 부모님도, 선생님도, 나도 원하던 대학이 아니었다. 수능을 망쳤고 재수할 의욕도 없었다. 그냥 아무 데나 가자. 무료한 봄의 하루하루를 열등감으로 보내고 있던 3월의 어느 날, 지연이의 자살 소식을 들었다. 지연이와 나의 마지막 장면은 그 지하도였다. 그 후 지연이의 소식은 지연이와 몰려다니던 다른 친구에게서 전해 들었다. 지연이는 정말 아이를 낳았다. 지연이 말대로 아들이었다. 지연이는 아들을 키우기 위해 별별 아르바이트를 다 했다. 하지만 그 노란 머리 애가 지연이와 아들이 살고 있던 지하 셋방을 어떻게 알아냈는지 찾아와서 때리고 또 때렸다. 이유 없이 때렸다. 지연이는 결국 엄마 집으로 도망을 갔다. 설마 거기로는 오지 않겠지. 그런데 노란 머리 애는 그 집도 찾아왔다. 이번엔 지연이도 때리고, 지연이 엄마도 때리고, 지연이의 아들이자 자신이 아들이기도 한 아기의 가느다랗고 보드란 목을 졸랐다. 세 사람은 짐을 싸서 또 도망을 쳤다. 겨울이 끝나지 않은 어느 늦은 봄밤, 식당에서 일을 끝낸 지연이 엄마가 지하 셋방 문을 열자, 허공에 떠 있는 지연이의 발이 보였다. 아기는 배가 고픈 듯 얼굴이 빨개지도록 울고 있었고, 지연이 엄마는 그냥 그 자리에 주저앉아 버렸다.

장례식장의 몇 장면이 조각조각 기억에 남아 있다. 스무 살의 장례식은 초라하고 썰렁했다. 지연이가 살고 있었다는 경기도 외곽의 어느 낡은 장례식장 지하에 마련된 빈소에는 아무도 없었다. 꽃잎이 누레진 오래된 조화 속에서 지연이는 밝게 웃고 있었다. 가슴이 꽉 끼고 허리선에 깡총하게 맞게 잘라 입은 지연이의 그 교복 블라우스가 영정 사진 옆에 썰렁하게 놓여 있었다. 우리의 마지막 여름, 칼라 깃과 겨드랑이 아래로 동그랗게 땀자국이 배어나오던 지연이의 그 블라우스 앞에서 나는 그냥 털썩 주저앉아 엉엉 소리 내어 울었다. 부숭부숭 부운 얼굴의 초췌한 지연이 어머니가 포대기로 아기를 등에 업고 나를 안아 주셨다. 그 가난한 어깨에 얼굴을 묻고 우는데, 아기가 내 머리에 가만히 손을 갖다 댔다. 그리고 웃었다. 나는 더 울고 말았다.

지연이는 아기를 낳아 키우리라 선택했다. 아기와 함께했던 그 짧은 시간 동안 지연이는 내내 행복했을까. 지연이에게 아기가 찾아온 기적 같은 순간이, 고등학교 2학년, 열일곱 여름 방학 '그때'가 아니라, 다른 어느 때였다면, 그랬다면. 영화 〈레벤느망〉의 대사처럼 지연이가, 그리고 우리에게 이런 선택의 자유가 있었다면, 그랬다면. "언젠가는 아이를 낳아 키우고 싶어요. 하지만 지금은 아니에요. 아이를 낳고 평생 원망하며 사랑하지 않을 것 같아요."

마른 대지(Dry Land)

◆ 루비 래 슈피겔(Ruby Rae Spiegel)
◆ 2019년 뉴욕 히어 아츠 센터 초연

사랑이라고 쓰고 나니
다음엔 아무것도 못 쓰겠다

고등학교 수영부인 에이미는 임신을 했다. 하지만 부모님에게도, 선생님에게도, 아이의 생물학적 아빠이지만 함께 미래를 계획할 수 없는 남자 친구에게도 말하지 못한다. 에이미는 스스로 낙태를 하기로 결심하고 도와줄 친구를 생각해 보지만, 학교에서 '걸레'로 소문난 에이미에게는 믿을 만한 친구도 없다.

에이미는 친하지는 않지만 같은 수영부인 에스터에게 임신한 사실을 고백하고 도움을 요청한다. 점점 두 사람은 가까워지고, 마음을 의지하다가도, 사소한 오해로 인해 멀어지기도 한다. 하지만 에이미가 유산 유도제를 먹고 차가운 수영부 라커룸에 누웠을 때, 곁에서 손을 잡아 준 건 에스터였다.

누가 나를 가장
사랑한다고 말하겠는가?

— 윌리엄 셰익스피어, 《리어왕》

내 딸들아,
영토의 소유와 통치와 국사들을 벗으려고 하는데
너희 중 누가 나를 가장 사랑한다고 말하겠는가?
_ 리어 왕

이혼을 한 뒤, 아버지와 함께 살기로 했다. 집을 떠난 사람을 기다리며 긴 별거의 시간을 견딘 후였다. 다시 혼자가 된다는 것이 두려웠다. 그래도 아버지와 함께 사는 게 가능할까, 서른 살에 독립을 했으니 10년도 넘게 떨어져 지냈는데 너무 섣부른 결정은 아닐까. 매일 밤 수십 가지의 가상 시나리오를 썼다가 지우기를 반복했다. 샤워하고 맨몸으로 나와 냉장고에서 시원하게 물 한 잔 마시는 일도 못 할 것 같고, 혼자 와인 한 병 마시는 밤이면 음악 틀어 놓고 춤추던 짓도 안녕이다. 가장 아쉬운 일은 이 두 가지 정도. 그럼 좋은 일을 생각해 볼까. 혼자는 무서워서 못 보던 〈그것이 알고 싶다〉도 마음껏 볼 수 있을 것 같다. 무엇보다 내 인생에 지금이 아니면 아버지와 한집에 사는 기회는 다시는 없을 것 같다. 이 이유가 가장 컸다. 그래, 2년 정도가 어떨까.

　함께 산 지 한 달 정도, 모든 것이 보기 좋게 내 예측을 비껴갔다. 매일 아침 문안 인사를 드리고, 집 앞 공원에 산책도 같이 나가고, 퇴근길에 아버지 좋아하시는 사과 한 봉지

사 와서 깎아 드리며 매일 밤 모여 앉아 도란도란하는 일은 TV 드라마에나 나올 장면이었다. 이사를 하고 정확히 5일 만에 큰소리가 오갔다. 사실 이사 첫날부터 묘한 긴장감이 집 안에 감돌았다. 뒤늦게 서로 깨달은 건, 아버지는 더 이상 예전처럼 마흔이 넘은 딸을 통제할 수가 없고, 나는 이미 아버지 곁을 떠나 구축한 내 식의 생활을 쉽게 바꾸지 못한다는 것이었다.

그 균형이 깨지고 폭발한 것은 어처구니없게도 '함께 밥을 먹는 일'이었다. "삼시 세끼 밥 먹을 때 왜 같이 밥을 안 먹냐."라는 말에 얼마나 많은 오류가 있는지 나는 그때야 깨달았다. 회사를 다니면서 글을 쓰는 나는 마치 다이너마이트 같았다. 혼자라면 방문을 걸고 들어가서 그깟 밥 따위 하루 종일 굶고 글 한 줄 안 떠오르는 나를 자책하며 땅바닥을 기어 다니든, 또 글 좀 써지는 날이면 족발 대자를 시켜서 소주 한 병에 맥주까지 말아 먹고 잠꼬대하며 자든, 모두 내가 허용하는 일이었다. 노년의 아버지에게는 하루 세끼 건강한 식사를 뭘로 먹으면 좋을까 생각하는 것부터 시작해서 음식을 요리하고 밥상을 차리고 치우고, 또다시 다음 식사를 생각하는 일이 하루의 전부라는 걸 나는 함께 살면서 알게 되었다. 그 중요한 의식과도 같은 식사 자리에 내가 나타나지 않는 것이 못내 불편하셨던 것이다.

분명히 나는 금요일 저녁 내 입으로 "삼겹살이 갑자기 먹고 싶네. 주말에 같이 삼겹살 파티해요."라는 말을 했다. 그리고 토요일 새벽부터 책상에 앉았지만 한 줄의 글도 못 썼다. 입맛이 돌 리가 없다. 하지만 아버지는 지나가는 말도 당연히 허투루 듣지 않으시고 삼겹살을 네댓 근이나 사다 놓으셨다. 모처럼 단란하게 "그래, 우리 함께 살아보니 넌 어떠니? 앞으로는 어떻게 지내볼까?"라는 이야기를 꺼내시려고 준비도 하셨을 것이다. 하지만 난 그 식탁에 나타나지도 않고 내 방 컴퓨터 앞에서 모니터만 노려보다가 잔뜩 화가 난 목소리로 외쳤다. "저 밥 안 먹어요!"

타들어 가는 삼겹살을 앞에 두고 이렇게 한집에 같이 살면서 식사도 같이 안 하는데 어찌 '식구'라고 부를 수 있냐는 어원적 의미부터 시작해서, 내가 설거지를 하고 나면 싱크대에 물을 잔뜩 튀게 해 놓고 한 번도 닦지 않은 이야기까지 나오길래, 나는 선을 넘는 말을 해 버렸다. "그럼 제가 나갈게요." 이사한 지 겨우 5일째였다. 아차 싶었지만 이미 늦었다. 이 말 한마디에 나는 이미 '모진 년'이 되어 버렸다. "어찌 그런 말을 입에 담을 수가 있냐."라는 말을 30분도 넘게 듣고 나서야 겨우 풀려났다.

내 방문을 닫고 앉아 생각했다. 2년이 길고도 길겠구나. 부모와 자녀는 '최소한'의 양육 기간이 끝나면 건강한 관계를 위해 서로에게서 독립해야 하는 거구나. 우리나라야 보통 대학 졸업이나 심지어 결혼 전까지 부모와 함께 지내는 일이 다반사이지만, 저 서구권 부모들은 이른 자녀 독립을 자연스레 받아들이지 않나. 그들의 소위 '쿨'한 관계는 서로를 하나의 완벽한 인격체로 생각하면서 '식구'라는 이름에 매여 있지 않고, 그 결과 더욱 탄탄한 가족 관계를 통해 완성될 수 있는 거구나, 라는 생각이 뭉게뭉게 이어졌다. 나는 더 이상 부모의 검사하에 손을 씻고, 딸기 잼 바른 토스트로 간식을 먹고 숙제를 한 후에 잠을 자야 하는 어린이가 아니다. 얼마든지 하루는 굶을 수 있고, 그러다가 일이 잘되면 스스로 몸에 좋다는 약부터 채소까지 다 찾아 먹는다. 내 몸과 정신 관리는 내가 알아서 한다. 이걸 서로에게 맞추려다 보니 그 사달이 난 것이다. 부모의 자녀에 대한 통제권 상실은 어떤 의미인 걸까.

움베르토 에코, 노엄 촘스키와 함께 '세계 100대 지성'에 이름을 올리는 철학자이자 시카고대 석좌 교수 마사 누스바움Martha Nussbaum은 '나이듦과 노년'에 대한 사색을 담은 책 《지혜롭게 나이 든다는 것》에서 '통제권'에 대한 이야기를 한다. 나이가 들면 자식에게서든, 경제권이든, 심지어 자신의 육체에 대해서도 통제권을 상실하고 돌봄을 필요로 하게 된다. 외적으로 보이는 노화의 증거보다 더욱 괴로운 건, 점차 의존적이고 취약한 인간이 되어 감을 인정하는 것이다.

특히나 과거 남성 중심 사회에서 모든 통제권을 쥐고 있던 남성들은 노년의 이런 심리 변화를 받아들이기가 더욱 쉽지 않다. 아내와 아이들은 이제 예전과 같지 않게 목소리를 높인다. 오히려 그들의 도움이 필요한 것은 바로 자신이다. 나이듦을 준비한다는 건 바로 이런 통제권 상실을 계기로 나를 둘러싼 가족, 친지, 친구 들과 새로운 관계 정립을 하는 동시에 새로운 자아 탐구를 하는 길에 접어드는 것과 같은 의미다.

'현명하고 우아한 인생 후반을 위한 8번의 지적 대화'라는 부제처럼 이 책은 누스바움과 시카고대 로스쿨 학장을 역임했던 솔 레브모어Saul Levmore의 대화로 구성되어 있다. 노년에 대한 고찰은 일찍이 기원전으로 거슬러 올라가니, 기원전 106년 로마의 철학자이자 정치가, 웅변가였던 키케로가 쓴 《노년에 관하여》가 바로 그 책이다. 《지혜롭게 나이 든다는 것》 역시 키케로의 글에서 시작된다. 이 책이 내게 특히 흥미로웠던 것은 셰익스피어 희곡 《리어왕》, 유진 오닐의 희곡 《밤으로의 긴 여로》 등 희곡에서 찾은 노년에 대한 지혜를 이야기한다는 점이다. 특히나 '4장 리어 왕에서 무엇을 배울 것인가'는 별도로 리어 왕에 특별히 할애하여 누스바움의 혜안으로 통제권을 상실한 리어 왕의 노년을 새롭게 해석한다.

* * *

리어 내 딸들아,

영토의 소유와 통치와 국사들을 벗으려고 하는데

너희 중 누가 나를 가장 사랑한다고 말하겠는가?[14]

엄마가 좋아, 아빠가 좋아? 어린 시절 이 질문을 들을 때마다 느꼈던 당혹감을 지금도 기억한다. 마치 발가벗겨진 듯한 기분. 모두 내 입술만 쳐다보는 그 순간, 나는 그냥 아무 말도 하지 않는 걸 택했다. 어떤 말을 하든 아이의 깜찍함 정도로 웃어넘길 일이라는 걸 잘 알고 있었지만, 난 꽤나 심각했다. 사실 엄마, 아빠 중 더 좋아하는 사람이 있었으니까. 매번 바뀌기는 했어도 난 분명 둘 중 한 명만을 떠올렸고, 어린 마음에도 '엄마, 아빠의 사랑을 비교할 수 있는 거야?'라는 죄책감까지 생겼다.

어른이 되고 나서 부모도 자식에 대한 사랑 앞에서 갈등한다는 걸 알고는 배신감 같은 기분에 휩싸인 건 당연한 일이었다. 부모의 자식 사랑은 무조건적이고 무한대여야 하지 않나. 부모는 아이가 움직이는 사랑의 저울추 앞에서 그저 전전긍긍할 뿐, 반대로 자식에 대한 사랑의 저울추를 기울이고 있었는지는 미처 몰랐기 때문이다. 둘째를 낳고 산후조리원에서 몸조리를 하던 친구에게 이렇게 물었다. "첫째랑 둘째 중에 누가 더 예뻐?" 젖을 물고 있는 갓난아이가 들을까 친구는 내 귀에 대고 속삭였다. "사실은 말이야…"

그런데 리어 왕은 딸들과 충복 앞에서 이렇게 공표한다. "너희 중 누가 나를 가장 사랑한다고 말하겠는가?" 극의 갈등은 이렇게 1막 1장에서 바로 시작된다. 이 대사에 앞으로 리어 왕이 맞을 모든 생의 비극과 후회와 한탄이 담겨 있다. 셰익스피어는 리어 왕과 세 딸의 관계에 대한 어떤 실마리도 없이 문제를 던진다. 지금 단지 알 수 있는 건, 사랑한다는 말 한마디로 왕국을 분배하겠다는 리어 왕의 신중하지 못한 성격, 자신의 뜻대로 딸들에게 사랑과 보살핌을 얻으리라는 오만함이다. 그리고 앞으로 지켜보게 되는 건, 저성급한 유언과도 같은 말이 초래한 비극의 과정이다. 《리어왕》을 처음 읽었던 고등학생 때부터 불과 얼마 전까지 자식에게 나를 얼마나 사랑하는지 내기를 붙여 왕국을 쪼개는 그의 경솔함과 무분별함을 비난했다. 비극적인 결말은 자신이 초래한 일이라고 생각했다. 하지만 부모라고 자식의 사랑을 저울질하지 말라는 법이 어디 있나.

1608년 셰익스피어의 《리어왕》이 세상에 나온 이후로 지금까지 수많은 연출가들과 감독들, 그리고 배우들은 그 시대에 맞는 새로운 해석을 더하며 리어 왕을 불러냈다. 이미 잘 알고 있듯이, 리어 왕은 세 딸에게 자신을 얼마나 사랑하는지 말로 표현하라 말하는 어리석은 대사의 주인공이다. 그 결과는 너무나도 비극적이다. 리어 왕도, 그의 세 딸도 모두 죽음을 맞이한다. 400년이 넘는 지금까지 천편일률적으로 리어 왕을 관통하는 코드는 80세가 넘은 노년의 왕이 맞는 육체적 쇠퇴와 그로 인한 광기가 초래하는 인생의 불행한 결말이다. 그 광기는 아주 쉽게 치매로 연결된다. 그동안 무대에 올려진 수많은 공연에서 배우들이 리어 왕을 치매 환자로 연기한 것도 그 때문일 것이다.

하지만 나는 누스바움의 해석처럼 통제권의 상실에서 오는 치욕을 따뜻한 보살핌으로도 보상받지 못하는 늙은 왕의 정신적인 혼란을 들여다보게 된다. 한때 그는 한 국가를 통치하던 오만한 왕이었고, 세 딸과 사위에게 받을 존경과 사랑은 그저 당연하다 여겼다. 그러니 이 모든 것을 잃은 순간, 어느 누구라도 정신을 잃고 광야를 헤매지 않을까. 리어 왕의 불행은 바로 육체의 노화와 함께 찾아오는 정신적인 상실을 미처 준비하지 못한 데서 온 것이 아닐까.

리어 왕처럼 딸들에게 모든 것을 내어 주고 통제권을 상실한 채 누구의 보살핌도 받지 못하고 쓸쓸한 죽음을 맞은 애처롭고 어리석은 아버지가 있다. 1835년에 출간된 프랑스 작가 오노레 드 발자크 소설의 주인공 《고리오 영감》이다. 파리 생 마르소 거리 '보케르 집'이라 불리는 오래되고 낡은 하숙집 허름한 방에 혼자 살고 있는 고리오 영감은 하숙집의 별 볼 일 없는 사람들에게도 무시를 당하지만, 그는 왕년엔 돈깨나 버는 제면업자이자 독수리 같은 남자였다. 더럽고 낡은 한 평짜리 하숙방에 웅크리고 있는 이 노인에게도 빛나는 젊음이 있었다.

그에게는 두 딸이 있다. 파리의 허영심 넘치는 사교계에서도 주목받을 만큼 아름답고 화려한 여성들이다. 고리오 영감은 자신의 모든 부를 아낌없이 딸들에게 쏟아부었다. 하지만 두 딸이 고리오 영감을 아버지라 부르는 건 돈이 필요할 때뿐이다. 그녀들은 아무것도 남은 게 없는 가난한 아버지를 부끄러워해 만나러 오지도 않다가, 돈이 떨어지면 밤을 틈타 몰래 파리 외곽의 처참한 하숙집의 다락방으로 비단 드레스를 끌며 올라간다. 결국 고리오 영감은 같은 하숙집에 살고 있는 청년 라스티냐크만 지키는 가운데 쓸쓸한 임종을 맞으며 뒤늦은 후회를 한다.

"아! 내가 만일 부자였고, 재산을 거머쥐고 있었고 그것을

자식에게 주지 않았다면 딸년들은 여기에 와 있을 테지. 그
애들은 키스로 내 뺨을 핥을 거야!"[15]

* * *

소설 《프랑켄슈타인》을 쓴 메리 셸리의 남편이자 영국
낭만파 시인 퍼시 셸리Percy Shelley는 《리어왕》을 "세상에 존
재하는 극예술 중 가장 완벽한 표본"이라고 했다. "나는 무
척 미련하고 노망하는 늙은이요. 팔십이 넘었소. 더도 덜도
아니오. 그리고 솔직한 말로 하자면 정신도 온전치 못한 것
같소."라는 리어의 고백처럼, 노년의 배우들에게 리어 왕을
연기하는 것은 마치 자신의 연기 인생을 되돌아보는 것과
도 같다. 수많은 연극 무대와 영화로 제작된 《리어왕》에서
후세에 회자될 리어가 몇 명 있다. 로런스 올리비에Laurence
Olivier 76세, 앤서니 홉킨스Anthony Hopkins 84세, 알 파치노Al
Pacino 78세. 이름만 들어도 연기 인생이 펼쳐지는 세계적인
명배우들이 리어 왕을 연기한 나이다.

2018년 이안 맥켈런Ian McKellen의 트위터에 한 줄의 문장
이 올라왔다. "다시 리어 왕." 1964년 웨스트엔드 데뷔 무대
였던 듀크 오브 요크 극장 무대에 그가 다시 올랐다. 54년의
시간이 흘러 《리어왕》으로 그가 다시 돌아왔다. 이미 2007

년 트레버 넌 제작과 2010년 셰익스피어 컴퍼니 제작으로 두 번의 리어를 연기했던 그에게 세 번째 리어였다. 하지만 지금이야말로 가장 리어다운, 모든 게 준비된 무대였다. 그는 이 시간을 오랫동안 기다렸을지 모른다. 80세 리어처럼 육체의 노쇠함과 정신의 나약함이 그대로 드러나는, 연기가 아니라 무대 위에 존재하는 것만으로도 리어의 현신일 것 같은, 어쩌면 마지막일지 모르는 무대.

노장의 리어 왕을 보기 위해 객석은 이미 티켓 오픈부터 매진 행렬이었다. 300석이 아니라 3,000석을 매진시킬 만한 티켓 파워를 가진 배우였지만, 듀크 오브 요크 극장은 객석의 일부를 덜어 내면서 소극장의 밀도를 유지하는 선택을 했다. "관객에게 말을 거는 느낌으로 연기하고 싶다."라는 조너선 먼비Jonathan Munby 연출의 말처럼, 우리가 오랫동안 인간 운명의 비극적 서사로 알았던 이 거대한 이야기는 어쩌면 그저 아버지와 딸 사이의 대화이자, 어느 불행한 가족의 대화였을 뿐일지 모른다.

NT Live 영상으로 보게 된 맥켈런 연기력의 절정은 극의 엔딩에서 싸늘하게 식은 코델리아의 시신을 품에 안은 채 깊은 후회가 담긴 긴 독백을 하는 장면에서 폭발한다. 아무 대답을 하지 못하는 코델리아의 시신에 얼굴을 부비던 리어 왕의 얼굴이 빅 클로즈업되어 화면 가득히 담거진다. 산

코델리아(아니타조이 우와제)의 시신을 안고 깊은 슬픔에 빠진
리어 왕(이안 맥켈런). ⓒ NT Live

간 리어 왕의 얼굴에 천천히 흘러내리는 굵은 눈물방울. 노왕의 탄식이 점차 잦아들더니 코델리아를 꽉 쥐고 있던 늙은 손이 툭 하고 힘없이 떨어진다. 인간이 깊은 슬픔에 잠기면 저렇게 숨을 거둘 수 있구나. 그 조용한 죽음 앞에 숙연해진다.

선과 악의 구분도 없이 모두가 죽고 마는 이 잔인한 엔딩을 보며 이런 생각을 해 본다. 어쩌면 셰익스피어는 극의 결말을 고심하면서 21세기를 살고 있는 우리들에게 전하는 메시지를 남겨 두지는 않았을까. 1600년대 당시 셰익스피어 글로브 극장 앞에 붙여 둔 《리어왕》 포스터를 보며 두 노부인은 그저 "끔찍하군요. 섹스와 범죄밖에 없어요."라고 욕 한마디하고 지나갔을 뿐이라지만, 우리에게 리어 왕은 다른 무게로 다가온다. 생명 연장 기술을 꿈꾸는 이 시대에 새로운 가족의 정의와 길고 긴 노년을 맞는 두려움에 맞서는 건 우리에게 더 절실하니까.

* * *

《리어왕》, 이 오래된 비극은 시대를 뛰어넘어 살아남을 것이다. "모든 비극은 인간의 가능성 일부를 우리에게 보여 준다."라는 아리스토텔레스의 말처럼, 우리는 악으로 밀을 노년에 리어 왕과 고리오 영감의 실수를 반복할 수도, 늙은 부모를 돌보지 않고 등을 돌리는 딸들인 고네릴과 리건이 될 수도 있다. 다만 이 비극을 보며 그 가능성을 깨닫고 삼가는 일을 수도 없이 반복할 뿐이다. 나는 돌봄을 필요로 하는 나이 든 부모를 둔 자식의 입장에서 리어를 봤고, 생의 황혼기에 접어든 부모들은 리어 왕이 맞이하는 비극을 통해 노년을 생각할 것이다.

그 입장의 차이를 넘어 한 가지 공통점은, 인간은 누구나 나이가 들고 노화를 맞이한다는 것이다. 하지만 내가 그 과정을 어떻게 겪을지는 누구도 모른다. 그러니 지금도 우리는 퇴직 이후의 삶에 대해 걱정하고, 자식에게 손 벌리지 않는 경제력을 유지하기 위해 노력한다. 40대 중반으로 향하면서 자식 없이 맞는 노년에 대해 생각을 하게 된다. 부모 자식 간의 돌봄만큼 노화에 대처해 깊고 안정적인 위로를 주는 관계는 없겠지만, 우리 시대 많은 이들이 그렇듯이 혼자 맞서는 노화에 대한 준비도 해야 한다.

"우리는 자제력, 운동, 식생활, 독서 습관, 대화와 우정을 통해 스스로 운명을 결정한다. 노년기의 몸 역시 그냥 주어지는 것이 아니다. 노년기의 몸은 매우 다양하게 나타나는 가능성들의 집합이다. 우리 자신을 불멸의 존재로 만들 수는 없지만 더 행복해지고 더 강해지고 더 활동적이 되기 위해 할 수 있는 일은 정말로 많다."[16]

다행히 내게는 적당한 자제력, 매일 하는 운동과 독서 습관, 가족과도 같은 몇 명의 친구와 나누는 우정이 있다. 하지만 훗날 늙은 내 모습은 내 부모에게서 발견한다. 《리어왕》을 보며 나는 다시 생각한다. 아버지와 나는 왜 싸웠을까. 누스바움의 말처럼 '통제권의 상실' 뒤에는 '돌봄의 필요'가 마치 바늘과 실처럼 노화와 함께 따르는 필수조건이다. 보살핌을 기다리면서 통제권을 휘두를 수는 없는 노릇이다. 리어 왕은 잘못된 방법으로 스스로 통제권을 상실했고, 자신의 노년을 애처로운 마음으로 돌봐 줄 진실된 코델리아를 믿지 않았다. 일찍이 우리는 부모에게서 돌봄을 받는다. 부모가 내게, 그리고 이제는 내가 부모에게 나누어 줄 생의 순환 고리. 나이 든다는 것은 통제권의 상실을 인정해야 하는 것이다. 이제는 집 앞 가까운 마트도 내가 운전해서 모셔다드리는 게 편하다 하시고, 인터넷 뱅킹을 하실 때마다 꼭 한 번은 내 이름이 큰 소리로 불린다. 더욱 중요한 건 무엇보다, 부모와 자식 간의 관계도 적당한 거리와 각자의 공간이 필요하다는 것. 돌봄의 필요와 통제권 상실의 시기는 늦출수록 좋으니까.

"접촉 사고가 나서 좀 늦겠네. 어쩌나, 영화 시간에 못 맞춰서…." 아버지다. 만나기로 한 약속 시간이 지나서 몇 번이고 전화를 해도 도통 연락이 닿지 않아 안절부절못하던 차였다. 약속 시간은 한 번도 어기는 법 없었던 아버지, 아니 한참이나 미리 도착해서 약속 시간에 맞춰 오는 사람을 무안하게 만들던 아버지 아니던가. 큰일 났구나 싶었다.

그런데 막상 아버지의 목소리를 듣고 나니 언성부터 높아진다. "아니, 왜! 어디서요! 그러게 지하철 타시라고 했잖아요!" 연신 미안하다며 예매한 티켓을 환불받을 수 있는지 알아보라는 말씀에 괜스레 더 부아가 난다. 지하철을 타고 두 정거장 거리이니 영화관에 다 와서 사고를 내신 모양이다.

현장에 도착해 보니 그새 보험 회사 직원이 당도해 사고를 수습하고 있었다. 정지 신호에 대기하다가 출발 신호로 바뀌어서 앞차부터 서서히 출발을 하는데, 아버지가 잠깐 한눈을 팔다가 속도를 높여서 앞차의 뒤꽁무니를 받았다고 한다. 차 두 대는 멀쩡했다. 다친 사람 없이 가벼운 접촉 사고여서 얼마나 다행인지. 당황하는 아버지를 조수석으로 모시고 운전대를 잡았다. "뭘 보시다가 한눈을 판 거예요? 운전하실 땐 정면을 봐야지." 입을 꾹 다물고 창밖만 내다보던 아버지가 한참 뒤에 입을 떼신다. "커다란 흰 나비가 창문에 앉는 거야. 요새 나비가 잘 없잖아."

나비를 본 적이 언제였던가. 어쩌면 수많은 나비가 이미 내 곁을 지나갔을지도 모르지. 앞만 보며 달리는 내 눈에 나비를 담을 여유가 없었을 뿐. 주차를 하고 나오니 아버지가 저만치 먼저 걸어가신다. 아버지의 헝클어진 뒷모습을 본다. 낮잠을 한숨 주무시고 나오셨나. 납작하게 눌린 아버지 뒷머리에 초가을 오후 햇살이 내려앉는다. 한 살배기 아기 정수리에 소용돌이치듯 솟아난 보드랍고 가느다란 머리카락 같네. 눈에 띄게 헐렁해진 아버지 허리춤 사이로 바람이 지나고, 당신의 남은 시간들이 흘러간다. 설렁, 스치는 가을 바람에 휘청이는 아버지를 붙들러 뛰어간다. 아버지가, 깃털 같다.

리어왕(King Lear)

✦ 윌리엄 셰익스피어(William Shakespeare)

✦ 1606년 초연(추정)

리어 왕에게는 고네릴, 리건, 코델리아라는 세 딸이 있다. 자신을 얼마나 사랑하는지 표현하는 만큼 왕국을 나누어 주겠다는 공표에 고네릴과 리건은 거짓으로 자신들의 사랑을 말한다. 하지만 리어 왕이 가장아끼는 막내딸 코델리아는 언니들과 달리 말을 아끼고, 노한 국왕은코델리아를 추방하고 두 딸에게만 왕국을 나누어 준다. 그러나 고네릴과 리건은 곧 본색을 드러내는데, 두 딸의 냉대를 참지 못한 리어 왕은충신 켄트와 어릿광대를 데리고 궁전을 나와 폭풍우가 몰아치는 광야를 헤매면서 막내딸 코델리아의 진심을 깨닫는다. 리어 왕의 신하 글로스터 역시 서자 에드거의 계략에 속아 충직한 장남 에드몬드와 헤어지고, 자신도 두 눈이 뽑히는 고통 속에서 진실을 알게 된다.

프랑스 국왕에게 빈털터리로 쫓겨나듯 시집을 갔던 코델리아는 이 모든 사실을 뒤늦게 알게 된 뒤, 아버지를 구하기 위해 브리튼을 침략한다. 하지만 코델리아는 에드거의 살해 명령을 받은 부하의 손에 죽고,리어 왕은 죽은 딸의 시체를 안고 슬픔에 못 이겨 절명한다. 나머지 두딸 고네릴과 리건 역시 에드거를 사랑하는 질투 속에 죽음에 이른다.그리고 고네릴의 남편 알바니 공작이 왕위에 오른다.

누가 나를 가장 사랑한다고 말하겠는가?

광화문 사거리를
울면서 걸었다

— 피터 섀퍼,《아마데우스》

모차르트의 명성이 커질수록 나도 유명해질 겁니다.
"모차르트를 독살한 자, 살리에리." 이렇게 말이죠.
　_ 살리에리

'J.'

이니셜이 새겨진 그의 두툼한 가죽 노트 위에 올려 둔 손가락에 힘이 들어갔다. 열어 볼까. 그는 한 번도 이렇게 노트를 간수하는 법이 없었다. 무언가 써내려가다가도 내가 그의 서재에 들어가면 반드시 노트를 덮었다. 감추려는 의도는 없다는 듯 당황하지 않고 부드럽게 나를 올려 봤다. 서재에 그가 없다면, 노트도 없었다. 노트는 내가 그와 함께하지 못하는 시간과 장소 어디에든 그의 곁에 있었다. 그런데 그는 왜 노트를 책상 위에 두었을까. 실수일까, 고의일까.

영화 〈베르히만 아일랜드Bergman Island〉에서 아내 '크리스빅키 크리엡스'는 남편 '토니팀 로스'의 시나리오 노트를 펼친다. 부부는 영화감독이다. '각자' 새로운 작품의 시나리오를 구상하기 위해 크리스와 토니는 '함께' 잉마르 베르히만 Ingmar Bergman 감독이 말년을 보내며 영화를 촬영했던 포뢰섬에 도착했다. 섬에 도착하자마자 바쁘게 짐을 풀고 자업실을 살펴보는 토니와 달리 크리스는 이렇게 말한다. "섬이 무섭도록 아름답다."고.

포뢰 섬을 배경으로 각자 창문을 마주한 집에 집필실을 마련한 두 사람은 시나리오를 쓰기 시작하지만, 열정적으로 노트를 빼곡하게 채우는 토니의 뒷모습과는 달리 크리스의 눈은 창밖을 방황하고 있다. 토니가 마을에서 열리는 상영회에 초대를 받아 집을 비웠을 때, 크리스는 책상 위에 놓인 토니의 노트를 발견한다. 잠시 망설이던 크리스가 노트를 펼치자 토니가 거침없이 써내려간 펜글씨 사이로 남녀의 섹스 장면을 묘사한 크로키들이 어지럽게 그려져 있다.

〈베르히만 아일랜드〉는 올리비에 아사야스 감독과 15년 동안 사실혼 생활을 하며 아이를 낳아 키운 감독 미아 한센뢰베Mia Hansen-Løve의 자전적 이야기이자, 잉마르 베르히만Ingmar Bergman에 대한 추앙이 담긴 오마주이기도 하면서, 또 영화 속 크리스가 완성한 시나리오 주인공인 오랜 연인의 사랑과 이별이라는 액자식 구성이 크레이프 케이크처럼 겹겹이 점층되어 있는 영화다. 하지만 한 겹, 한 겹이 모두 달콤하지만은 않다. 영화에 깊이 심어 놓은 마치 긴 한숨 같은 한센뢰베와 아사야스의 결혼 생활을 연결 짓다 보면 씁쓸한 맛이 느껴진다.

한센뢰베가 아사야스 감독을 만난 건 1998년, 그녀의 나이 열여덟 살 때였다. 그해 아사야스는 마흔세 살이 되었고, 영화 〈이마 베프Irma Vep〉로 세계적인 명성을 얻기 시작했으며, 매력적인 여배우 장만옥과 결혼했다. 중년의 감독이 수확의 결실을 맺는 시절이었다면, 한센뢰베는 이제 막 꽃망울을 터트리며 향기를 발하고 있었다. 그녀는 아사야스의 〈8월 말, 9월 초〉 배우로 캐스팅되면서 영화 경력을 시작했고, 이후 두 사람은 여러 작품을 함께했다. 마치 예정된 결말처럼 아사야스는 아름답고 재능 있는 한센뢰베와 사랑에 빠졌다. 한센뢰베에게 아사야스는 스승이자, 애인이었다. 아사야스는 장만옥과 3년 남짓의 짧은 결혼 생활을 끝내고 한센뢰베에게로 떠났다.

스웨덴의 포뢰 섬은 탕웨이와 김태용 감독이 결혼식을 올린 곳으로도 유명하다. 두 사람의 행복한 웨딩 사진 배경으로 언뜻 비쳐진 포뢰 섬의 '무섭도록 아름다운' 풍경은 영화의 또 다른 주인공이다. 베르히만 감독이 시나리오를 집필했던 오두막, 촬영을 했던 집들, 그가 영화를 보곤 했다는 작은 상영관과 끝없이 푸른 바다와 작은 오솔길들. 포뢰 섬의 풍경에 자꾸만 한눈이 팔리는 건 어쩔 수가 없다. 글을 쓰는 사람이라면 누구나 그렇듯, 저런 곳에서 하룻밤이면 길이 기억에 남을 만한 이야기 한 편은 너끈하게 쓰고도 남을 것 같은 착각을 하게 된다. 그렇다. 착각이다. 영화를 보면서 계속 내 신경을 붙드는 건, 세계적인 영화감독의 부부의 사생활보다, 낭만적인 포뢰 섬의 풍경보다, 사실 다른 데 있었다. 나는 부부 감독의 작업 방식을 조용히 지켜봤다. 포뢰 섬에 도착하자마자 거침없이 시나리오를 완성해 나가는 남편 토니를 질투의 시선으로, 불안한 마음으로 바라보는 크리스는 마치 나 같았다.

외로운 창작의 시간을 공유할 수 있는 파트너를 만날 수 있길 바랐다. 고약하게도 수많은 영화와 소설에서 그런 이상적인 커플을 만들어 놓았고, 부추겼다. 하지만 창작을 하는 일이란 결국 혼자다. 어쩌면 그 과정을 공유한다는 건 더한 고통일 수 있다는 걸 나중에야 깨달았다. '함께' 포뢰 섬으로 떠날 수는 있지만, 글은 '각자' 쓰는 것. 토니가 시나리오를 완성해 나가는 동안, 곁에 있는 크리스는 더욱 고립되어 가는 듯했다. 사랑이 이 모든 걸 연결할 수 없는 것은 물론이고, 늘 가까이에 있는 사랑하는 이가 질투의 대상이 될 수도 있다. 결국 그 사랑은 위태롭다.

토니가 자신의 작업실로 쓸 만한 공간을 자리 잡자마자 노트를 채워 나가는 것과 달리, 크리스는 집에 두고 온 딸을 생각하고, 포뢰 섬의 풍경을 느끼고, 또 이곳에 살다가 죽은 잉마르 베르히만 감독의 자취를 찾는다. 이렇게 여자는 모든 것을 내면화하고 자신을 관통한 뒤에야 창조물을 만든다. 그것이 글이든, 영화든, 무엇이든.

남녀의 섹스와도 비슷하지 않나. 남자는 섹스를 '한번 치르는 일'로 감정을 분리한다지만, 대개 여자는 그렇지 않다. 영화에서는 토니가 자신감 있게 완성한 시나리오의 결과는 보여 주지 않는 대신, 크리스가 오랜 고민으로 완성한 영화가 삽입된다. 그리고 크리스에게 달려오는 어린 딸아이를 끌어안으며 엔딩을 맞는다. 여자에게, 크리스에게, 내게, 삶과 창조물은 분리할 수 없다. 그것은 나를 깊게 관통하여 길어 올리는 일.

'J'.

결국 나는 그의 노트를 펼치지 않았다.

* * *

흔히 우리는 질투와 열등감이 비슷하다고 생각하지만 둘은 다르다. 다른 사람과 비교하면서 느끼는 부러움, 소외감으로 일어나는 적개심이 상대방으로 향하는 것이 질투라면, 열등감은 그 감정의 칼끝을 자신의 내면으로 향하게 하면서 스스로를 위축되게 만든다. 프랑스의 정신 분석가이자 파리 7대학 교수 폴로랑 아슝Paul-Laurent Arroun은 그의 책《질투, 사랑의 그림자》에서 질투는 "본래 자신의 것으로 전제된 이익이나 권리 등을 포기해야 할지도 모른다는 것에 대한 두려움을 의미한다."라고 썼다.[17] 프로이트는 질투를 "심리 생활과 영혼의 중추로 가는 탁월한 통로"라고 할 정도로 많은 정신 분석가들은 질투의 긍정적인 측면에도 주목했다.

질투와 열등감은 따로, 또 같이 찾아온다. 모두 누군가와 비교할 때 생겨나는 감정이지만, 앞서 말했듯이 그 감정의 칼날이 타자와 자아로 향한다는 점에서 다르다. 질투로 인한 분노와 적대감이 타자에게 폭발한다면, 열등감은 스스로를 비난한다. 우리는 누구나 '가볍게' 혹은 '심각하게' 질투하거나 열등감을 느낀다. 그러니 이 둘 모두를 자연스러운 감정으로도 볼 수 있고, 더 나아가 누군가는 이를 성장 동력으로 이용하기도 한다. 하지만 질투와 열등감이 우리를 잠식할 때 이야기는 달라진다.

본래 내 것이었던 무언가를 누군가가 박탈할 때 상실감이 생기고 질투가 일어나는 것과 달리, 열등감은 '본래 내 것'이랄 게 없다. 그러니 내가 간절히 바라는 그것은 본래 다른 사람의 것이고, 나는 가질 능력이 없음을 인정해 버린다. 질투의 고통이 나의 한계치를 넘는 순간 타인에게로 화살의 시위가 당겨진다면, 열등감의 고통은 오직 나에게로

만 향한다. 위험한 것은 이런 열등감의 정도가 심해지면 자기 비하, 존재의 의미까지 의심하는 우울증으로 이어진다.

세상의 많은 문학 작품들은 주로 '질투하는 주인공'을 이야기한다. 사랑은 질투해야 맛이다. 사랑을 빼앗겨 본 사람이라면 그 지옥 같은 배신감이 두렵고, 사랑을 빼앗아 본 사람이라면 그런 소유야말로 짜릿하니까. 톨스토이는 그의 나이 62세에 질투 때문에 아내를 살인하는 한 남자의 이야기를 썼다.《크로이체르 소나타》라고 제목 붙인 이 소설은 톨스토이가 베토벤 중기 걸작 중 하나인 '바이올린 소나타 9번 A장조'에서 영감을 얻어 쓴 것이다. 베토벤이 프랑스 바이올리니스트 R. 크로이체르에게 헌정해서 '크로이체르 소나타'로 더 잘 알려진 곡이다.

하지만 사실 질투 심리의 대가는 따로 있다. 러시아인들이 톨스토이보다, 도스토옙스키보다 사랑하는 시인 알렉산드르 푸시킨이다. 그는 남녀의 사랑과 배신이 초래하는 질투가 아니라, 서로의 재능을 질투하는 두 남자에 대해 2장의 짧은 희곡 한 편을 썼다. 푸시킨은 '모차르트 독살설'을 바탕으로 모차르트와 함께 기억될 불멸의 이름 하나를 불러내어 질투의 화신으로 후세에게 각인시켰다. 오스트리아 궁정 작곡가 안토니오 살리에리. 푸시킨은 동시대를 대표했던 모차르트와 살리에리의 대립을 천재와 범인凡人, 인간과 신에 대한 고찰이 담긴 극적 대화로 구성한 희곡《모차르트와 살리에리》를 발표했다.

실제로 푸시킨(1799~1837), 모차르트(1756~1791), 그리고 살리에리(1750~1825)가 활동했던 시기는 비슷하게 겹친다. 35년이라는 짧은 생애 동안 626곡의 걸작을 남긴 모차르트의 갑작스러운 죽음은 당시에도 세간의 화제였다. 어린 시절부터 모차르트를 괴롭히던 류머티즘 악화와 이에 따른 심장 충격이 죽음의 결정적인 원인이었지만, 사람들은 믿지 않았다. 천재의 죽음엔 뭔가 석연치 않은 게 있었다.

1825년 살리에리가 세상을 떠나면서 남긴 "모차르트의 죽음에 책임이 있다."라는 말이 도화선이 되었다. 하지만 그가 모차르트를 독살했다는 증거는 어디에도 없다. 희곡의 내용처럼 어쩌면 살리에리는 '모차르트 독살설'로 자신의 이름을 영원히 남기려 했을지도 모른다. 푸시킨은 살리에리의 독살설을 믿었다. 그리고 살리에리에 대한 자료를 수집해 가며 희곡을 썼다. 모차르트 오페라《돈 조반니》상연에 참석한 살리에리가 야유했다는 말을 들은 푸시킨은 이렇게 말했다고 한다. "《돈 조반니》에 야유를 퍼부을 수 있는 사람이라면 얼마든지 사람을 죽일 수 있지."

살리에리가 죽고 6년 만인 1830년에 발표된 푸시킨의 희곡《모차르트와 살리에리》는 독살설에 불을 지폈다. 푸시

사랑이라고 쓰고 나니
다음엔 아무것도 못 쓰겠다

킨은 경박한 천재 모차르트를 질투의 화신 살리에리가 죽였다는 극적인 구조를 통해 인간 심리 분석과 더 나아가 신에 대항하는 인간으로 주제를 확장했다. 1890년 러시아 작곡가 림스키코르사코프Rimskii-Korsakov는 이 극을 오페라로 만들었고, 극작가 피터 섀퍼Peter Shaffer 역시 푸시킨의 희곡에서 영감을 얻어 《아마데우스》(1979)를 썼다. 연극은 대단한 성공을 거둔다. 1979년 11월 영국의 유서 깊은 올리비에 극장에서 초연된 이 연극은 이듬해인 1980년 12월 미국으로 넘어가 1,181회 공연 기록을 세우고, 권위 있는 공연 예술상인 토니상까지 거머쥐었다.

　마침 영국에 머무르고 있던 체코 출신 음악 영화의 거장 밀로시 포르만Miloš Forman은 첫 시사회 무대를 보고는 바로 원작자 피터 섀퍼에게 연락해 각색을 의뢰하고, 함께 영화를 제작하자고 제안한다. 그렇게 탄생한 영화가 바로 우리에게 잘 알려진 〈아마데우스〉다. 1984년 아카데미 남우주연상을 비롯해 8개 부문을 수상했고, 피터 섀퍼 역시 이 영화로 아카데미 각색상까지 받았다. 섀퍼는 모차르트와 살리에리 단 두 명의 대화로 진행되는 푸시킨의 희곡에 모차르트의 아내 콘스탄체, 당시 오스트리아 황제인 요제프 2세와 궁정 음악가들까지 등장시키며 갈등 구조를 확대했다. 하지만 이 극의 묘미는 살리에르의 관객을 향한 기기 고백적 독백 구조다. 천재를 향한 질투, 범인의 절망, 더 나아가 신의 존재에 대한 사랑과 증오는 사건의 재현이 아니라 모두 살리에리의 고백을 통해 전달된다. 섀퍼는 푸시킨의 작품에서 이 부분을 그대로 가져왔다.

사실 우리는 살리에르에 대해 너무 많은 것을 오해하고 있다. 극 속의 살리에리가 그토록 미칠 듯이 질투했던 신의 사랑, 모차르트만 독점했다 믿으며 그토록 원망했던 신의 은총은 그도 함께 누렸다. 당시 오스트리아 황제였던 요제프 2세의 인정을 받아 24세 때 궁정 오페라 감독으로 임명됐고, 38세 때는 황실의 예배와 음악 교육을 책임지는 '카펠마이스터Kapellmeister' 자리까지 차지했다. 또한 모차르트에 대한 살리에리의 질투는 일방적인 것이 아니었다. 모차르트도 살리에르에 대한 질투의 감정을 아버지에게 보낸 편지에 남겨 놓았다. 모차르트는 요제프 2세의 확고한 지지를 받는 살리에리를 부러워했고, 엘리자베트 공주의 음악 교사 자리마저도 살리에리에게 빼앗겼다며 불평하기도 했다.

심리학 용어로 '살리에리 증후군'이라는 말이 있다. 어느 분야에서든 1인자는 있게 마련인데, 그 뒤를 잇는 2인자가 느끼는 자신의 평범함, 좌절 및 무기력, 질투의 감정으로 생겨나는 심리를 설명하는 용어로 사용된다. 사실 우리는 모두 '살리에리 증후군'과 함께 살아간다. 그러니 살리에리는 평범한 사람들을 대표하는 이름이다. 푸시킨의 희곡에는 없지만 피터 섀퍼의 엔딩이 의미심장한 것은 바로 그 때문이다. 그저 우리 모두는 특별히 신에게 선택받은 자들도 아니고, 살리에리처럼 그 사실에 괴로워할 줄도 모르는 '착한 사람들'이다.

* * *

"용서해 주오, 모차르트! 당신의 암살자를 용서해요!" 주름이 깊게 팬 얼굴, 회한 서린 눈동자의 작곡가 안토니오 살리에리의 비명 섞인 절규가 귀를 찢을 듯 들려온다. 피터 섀퍼의 희곡《아마데우스》는 모차르트를 죽인 살리에리의 고백에서 시작된다. 연극의 제목《아마데우스》는 '볼프강 아마데우스 모차르트Wolfgang Amadeus Mozart'의 이름에서 따왔다. 고작 여섯 살밖에 안 된 어린 모차르트를 데리고 연주 여행을 다니며 가혹하게 대했다는 아버지 레오폴트 모차르트는 '신의 사랑을 받은 자'라는 뜻의 '아마데우스'라는 이름을 붙여 주었다. 신은 응답했다. 신은 인류에게 내리는 모든 음악을 모차르트를 통해 전했다. 피터 섀퍼는 당연히 모차르트의 음악을 극의 배경으로 흘러넘치게 넣어 뒀다.

살리에리가 발트슈테텐 남작 부인의 집에서 처음 모차르

트를 만난 그날 밤, 그의 인생은 바뀐다. 천상의 소리와도 같은 세레나데를 들으며 신을 찾던 살리에리는 모차르트의 곡이 예술가에게 그저 인생에 단 한 번 우연히 찾아올 수 있는 행운 같은 것이라고 생각한다. 천재와 범인의 차이는 여기에 있다. 많은 예술가들이 후속작 없이 사라졌지만, 천재의 창조력은 샘솟는다. 그건 어디에서 발원하는가. 우리가 신을 찾을 수밖에 없는 이유가 여기에 있다.

살리에리 (관객에게)

바로 그때였습니다. ‒그렇게도 일찍이죠‒

죽이겠다는 생각이 든 것이 말입니다.

모차르트는 요제프 2세의 초청으로 쉔부른에 입궁한다. 그때 모차르트의 연주를 처음으로 듣게 된 살리에리는 살의에 휩싸인다. 그 신의 경지에 이른 음악은 살리에리가 온몸과 마음을 다해도 이루지 못하던 것이었다. 그의 질투는 모차르트가 죽어야 끝나는 것이었다. 피터 섀퍼는 공연으로 상연하기에는 다소 짧고 단조로운 푸시킨의 2막 2인극에 중요한 인물 하나를 더해서 갈등을 만들어 간다. 바로 모차르트의 아내 콘스탄체다. 희곡 속에서 콘스탄체는 천재를 감당하기에는 모자란 철부지 아내로 등장하지만, 우리

사랑이라고 쓰고 나니 다음엔 아무것도 못 쓰겠다

는 살리에리처럼 콘스탄체에 대해서도 역시나 많은 것을 오해하고 있다.

콘스탄체는 1777년 15세 무렵, 연주 여행 중인 모차르트를 처음 만났다. 그리고 4년 뒤 두 사람은 결혼한다. 희곡과 영화 속에서 모차르트는 죽기 직전 경제난에 시달리다가 돈을 빌리러 다니는 모습으로 등장하는데, 이런 곤궁은 콘스탄체의 낭비벽 때문으로 알려져 있다. 젊은 부부의 충동적이고 계획적이지 못한 생활이 몰고 간 상황일 수도 있었겠지만, 모차르트가 죽고 난 뒤 콘스탄체의 모습을 보면 이야기가 달라진다.

그녀는 모차르트 사후, 그의 악보를 정리해서 출판하고 콘서트를 열어 모차르트 살아생전보다 더 많은 돈을 버는 수완을 발휘한다. 모차르트와의 사이에서 낳은 두 아들도 프라하로 보내 좋은 교육을 받게 했다. 살리에리에게 음악 교육을 받은 둘째 아들 프란츠 크사버 모차르트는 아버지의 이름에 가려 잘 알려지지는 않았지만, 당대에는 인정받는 음악가로 성장했다. 하지만 프란츠는 1844년 53세의 나이에 독신으로 사망하고, 공무원이었던 그의 형 카를 토마스도 아이를 남기지 않은 채 세상을 떠났다. 모차르트의 후손이 없는 이유다. 모차르트가 죽고 6년 뒤 콘스탄체는 덴마크 외교관 게오르크 니콜라우스 폰 니센과 재혼한다. 니

센은 아내의 전 남편인 모차르트를 질투하기보다 그의 천재적인 재능을 더 사랑했는지, 더 열정적으로 모차르트의 생애를 정리하는 데 힘을 쏟았다. 니센 사후 3년 뒤, 1829년 두 사람이 쓴 모차르트 전기가 출판되었다. 우리가 모차르트의 음악과 생애에 대해 알고 있는 건 콘스탄체와 니센 덕분이다.

난 언제나 위대한 업적을 남긴 남자의 '여자'가 궁금했다. 그녀들은 늘 감추어져 있거나, 오해받거나, 때론 비난당했다. 모차르트의 콘스탄체처럼. 세계적인 남성 작가의 책을 읽다가 늘 작가의 파트너를 검색한다. 결혼이라는 제도에 있는지, 자유로운 연애를 하는지, 아이가 있는지 같은. 남자의 글 속에서 여자의 흔적을 찾는다. 그 여자는 남자가 글을 쓰는 그 긴 시간 동안 무얼 했을까. 남자가 글쓰기라는 저 관념의 세계에서 서성거리는 동안, 여자는 여기에 발을 디디고 생활을 한다. 은행에 가서 대출 상담을 하고, 그를 위해 저녁을 짓고, 청소를 하는. 무라카미 하루키의 "새벽 4시에 일어나 글을 쓰다가, 10킬로미터 달리기와 1,500미터 수영을 한 뒤 책을 읽고 음악을 듣다가 저녁 9시에 잠자리에 드는" 그 이상적인 글쓰기를 위한 매일의 시간 속에서, 여자의 시간을 생각한다. 새벽 4시에 일어나 그를 위해 과일과 커피로 아침 식사를 준비하고, 오전 글쓰기를 마친 그를

1979년 올리비에 극장에서 초연된 피터 섀퍼의 《아마데우스》.
모차르트 역의 사이먼 캘로우와 콘스탄체 역의 펠리시티 켄달.
우리는 모차르트의 아내 콘스탄체에 대해서 많은 것을 오해하고 있다.
ⓒ Alamy

위해 영양소를 고루 갖춘 점심을 준비하고, 또 일찍 잠자리에 드는 그를 위해 가볍고 소화 잘되는 저녁 식사를 준비하는. 하지만 나는 그런 조력자는 되고 싶지 않았다. 나도 글을 쓰고 싶었다.

저녁 석양빛이 부드럽게 온 대기를 감싸 안고, 커다란 거실 창의 시폰 커튼이 바람결을 따라 조용히 흔들리는 시간, 앨리스 달튼 브라운이 그려 낸 풍경 속에 그와 함께 앉아 글을 쓰는 모습을 상상하곤 했다. 서서히 내려앉는 어둠을 따라 수평선이 흐릿해지면 나는 글을 쓰던 책상에서 일어나 조명을 켠다. 내 책상과 그의 책상 위에 켜진 부드러운 조명은 마치 마주보고 있는 작은 섬의 등대의 불빛처럼 서로를 향해 신호를 보내지만, 우리는 더욱 고립된다. 우리는 함께 있으면서도 또 혼자다. 육체는 그렇게 같은 공간을 점유하고 있지만, 사유는 공간을 뛰어넘어 서로가 알지 못하는 어딘가를 자유롭게 헤맨다.

피곤해진 눈이 서로 마주치면 아무 말 없이 미소를 보낸다. 그런데 갑자기 그가 내게 말을 건다. "이 원고지의 글들을 컴퓨터 파일로 입력해 줄래?" 그 낭만적인 풍경 속에서 내동댕이쳐진 듯했다. 그가 휘갈기듯 써내려간 원고지를 모아서 타자기로 가지런하게 글들을 모아내는 그런 조력자, 당신이 내게 원했던 게 그거였구나.

푸시킨의 희곡《모차르트와 살리에리》원제는 '질투'였다. 질투에는 세 가지가 있다. 경쟁적인 질투감은 우리 모두에게나 있는 정당한 질투다. 투사된 질투는 소유욕이 강한 사람들이 느끼는 감정이다. '본래 내 것'을 빼앗길까 두려워하는 생각은 타자에게 투사된다. 마지막으로 가장 위험한 질투는 망상적인 질투다. 푸시킨은 이 질투의 감정을 모두 살리에리에게 투영한다. 처음엔 경쟁적인 질투심으로, 그리고 신이 자신에게 준 재능을 빼앗아 모차르트에게 주었다는 투사된 질투로, 그리고 마지막으로 끊임없이 자신을 괴롭히는 질투의 대상을 제거하고, 동시에 신에게 복수하는 방법으로 모차르트를 죽이리라는 망상적인 질투로. 그것은 모차르트의 천재성은 후세에 도움이 되지 않기 때문에 예술이라는 명분에서도 그를 제거해야 한다는 망상이다. 하지만 그런 질투는 결국 스스로를 파멸할 뿐이다.

살리에리 모차르트의 명성이 커질수록 나도 유명해질 겁니다. "모차르트를 독살한 자, 살리에리." 이렇게 말이죠.

살리에르는 신이 특별히 천재를 사랑했고, 범인들에게는 자비와 친절만을 베풀었음을 깨닫는다. 천재와 범인의 구분은 푸시킨의 원작과 피터 섀퍼의 희곡 모두에서 드러나는 살리에리의 질투와 함께 중요한 부분이다. 칸트는 1790년에 완성한 그의 마지막 저서 《판단력 비판》에서 "천재란 기예에 규칙을 주는 재능, 즉 천부적 자질이다."라고 말하는데, 즉 천재란 흔히 우리가 말하듯 타고난 것이다. 천재는 타고난 재능을 논리적으로 설명하고 가르칠 수 없기 때문에 제자가 없다고 한다. 하지만 우리는, 범인들은, 칸트가 말하는 천재들의 작품을 통해 감정을 환기하는 경험을 하고, 또 누군가는 천재의 작품을 계승하려 노력한다. 그래서 살리에리의 말처럼, 모차르트가 죽고 나면 예술도 함께 사라진다는 말은 틀렸다. 살리에르 시대의 천재 모차르트는 죽었지만, 이후 우리는 얼마나 많은 천재들의 탄생을 지켜봐 왔던가. 그러니 인류의 예술은 해가 지지 않는다.

* * *

질투가 이별의 이유가 될 줄은 몰랐다. 많은 사람이 그의 글과 재능을 아꼈다. 나 역시 그랬다. 돌이켜 보니, 어쩌면 내가 사랑한 건 그가 아니라, 그의 글이 아니었을까 생각할 정도로. 잠시 체류하던 영국에서 돌아와 첫 책을 쓰던 그 무렵, 난 이전에는 경험하지 못했던 깊은 슬럼프를 통과하는 중이었다. 아무도 만나고 싶지 않았고 이야기를 나누고 싶지도 않았다. 공연장에서 아는 얼굴이라도 마주칠까 봐 객석 등이 켜지기 전에 허겁지겁 어둠을 통과해 나와 다시 어두운 내 방으로 숨어들었다. 와인 잔을 가득 채워 앞에 두고 글을 쓸 뿐이었다. 그때 그를 만났다. 펼치는 잡지와 신문마다 늘 그의 글이 보였고, 라디오에서는 그의 목소리가 들렸다. 자랑스러웠고, 질투했다. 동시에 열등감에 휩싸였다. 내 글도, 내 이야기에도 누군가가 귀를 기울여 줄까.

하지만 그를 향한 나의 질투가 아니라, 나를 향한 그의 질투가 이별의 이유가 될 줄은 몰랐다. 나의 첫 책이 나올 무렵 그와 만나, 두 번째 책이 나온 이후 이별했다. 불과 1년 남짓의 시간. 책이 나오기에도, 혼인 신고를 하고 '부부'라는 이름으로 살기에도 너무나 짧은 시간이었다. 함께 같은 집에서 살았던 건 반년 남짓이나 될까. 그는 내 책들을, 함께하는 생활을 못 견뎌 했다. 그럴 수 있다고 생각했다. 그도 오랫동안 책을 내고 싶어 했으니까. 책을 내고 싶어 했던 그의 마음을 알고 있었지만, 나는 아무것도 할 수 있는 일이 없었다.

첫 책이 출간되고 얼마 안 된 9월의 어느 날, 짧았던 행복이 지고 무거운 공기가 집 안 구석구석 내려앉을 때쯤, 나는 퇴근을 한 뒤 집으로 향하는 발길을 돌려 혼자 광화문 교보문고로 향했다. 판매대의 그 수많은 책 중에서도 단번에 내 책을 알아봤다. 내 책만 보였다. 그때서야 익숙하지 않은 작가라는 호칭이, 책을 냈다는 사실이 환기되었다. 떨리는 마음으로 책 한 권을 사 들고 거리로 나섰다. 어릴 적, 아빠와 교보문고로 가는 길은 놀이동산보다 더 즐거웠다. '언젠가 이 거대한 책의 전당에 내 책을 꽂을 거야', 조용히 다짐했던 일이 현실이 되었지만, 그는 내 곁에 없었다. 가장 가까운 이와 나눌 수 없는 기쁨이 너무 슬퍼서…

나는 광화문 사거리를 울면서 걸었다.

아마데우스(Amadeus)

♦ 피터 섀퍼(Peter Shaffer)
♦ 1979년 런던 올리비에 극장 초연

사랑이라고 쓰고 나니
다음엔 아무것도 못 쓰겠다

정신 병원에서 노년을 보내고 있는 살리에리가 관객을 향해 입을 연다. 음악을 위해 신과 거래한 자신의 젊은 날을, 그리고 자신이 모차르트를 죽였음을. 극은 살리에리를 젊은 날로 데려간다. 화려한 오스트리아 궁정에서 존경받는 음악가로 칭송받던 살리에리는 빈에 온 모차르트를 만나게 된다. 술에 젖어 음탕한 말이나 일삼고 여자들의 품속에서 헤어나지 못하는 모차르트의 천부적인 음악적 재능을 발견한 살리에리는 질투에 휩싸인다. 모차르트야말로 신이 사랑한 아들이었음을, 자신의 재능은 보잘것없는 것임을 알게 된 살리에리는 신을 저주한다. 그리고 모차르트가 오스트리아에서 음악가로 자리 잡지 못하도록 온갖 술수를 써서 뒤에서 방해하지만, 정작 모차르트를 가난과 절망에서 보호해 주는 듯하다. 결국 병에 걸려 쇠약해진 모차르트는 레퀴엠 작곡을 마지막으로 죽음을 맞게 된다. 살리에리는 자신이 모차르트를 죽였다고 거짓 소문을 내고 자살 시도를 하지만 살아남는다.

시절 인연처럼

― 배삼식, 《3월의 눈》

이젠 집을 비워 줄 때가 된 거야. 내주고 갈 때가 온 거지.
그러니 자네두 이제 다 비우고 가게. 여기 있지 말구.
여긴 이제 아무것두 없어. 아무것두…
  _ 장오

커다란 거실 창밖으로 3월의 눈이 내리고 있었다. 가을이 끝나 가고, 겨울이 오던 흐릿한 경계의 날에 그가 떠난 뒤, 겨우 내내 가려 두었던 두꺼운 커튼을 열 수 있었던 건, 3월의 어느 주말 오후였다. 계절이 바뀌도록 나는 커다란 집에 혼자였다. 햇빛을 가려 어두운 집에 낮과 밤의 구분은 없었다. 하지만 나는 밤이 다가오는 걸 소리로 알았다. 밤은 한 걸음씩 모든 소리를 죽.이.며. 다가왔다. 한 발자국, 위층 아이가 이 방 저 방으로 뛰어다니며 내는 콩콩 콩콩콩 소리가 사라지고 또 한 발자국, 골목을 맞댄 옆집 젊은 부부가 서로에게 "이 모든 건 다 네 탓이야!" 원망하는 목소리가 사라진다. 그리고 이어지는 두꺼운 적막감 뒤로, 어느새 밤은 내 방문 앞까지 왔다.

탁탁 탁타탁 탁탁, 오랫동안 비워 두었던 그의 서재에서 컴퓨터 키보드를 치는 소리가 들려온다. 다시 탁탁 타타탁. 매일 밤을 새워 글을 쓰던 그가 떠났는데도, 탁탁 탁타타닥 타닥. 그가 떠난 이후 굳게 닫아 둔 방문을 다시는 열기 및

했는데도, 밤은 잔인하게도 그 소리만은 다시 살려 냈다. 내 방에서 한 발자국도 내딛지 못하고 웅크리고 앉아 밤이 내는 그 소리를 듣고, 또 들었다. 아침은 그 소리가 사라지는 순간 다가왔다. 그 무렵 불면증이 시작되었다.

회사와 집을 무심한 척 왔다 갔다 하는 반복되는 하루 끝, 텅 빈 집에는 다시 나뿐이었다. 처음에 찾아온 건 무서운 자책감이었다. '내가 그를 좀 더 이해했으면, 그가 원하는 대로 했으면 괜찮았을까?' 끝나 버린 사랑보다 힘들었던 건 내 선택의 실패를 인정해야 하는 것이었다. 인생을 살다 보면 누구나 선택을 한다. '오늘 뭘 먹을까?'라는 사소한 선택도 최선을 다해 경우의 수를 따지는데, 결혼은 말해 무엇할까. 내 선택에 자신이 있었다. 사람들에게 증명하고 싶었다. 매일매일 우리가 헤어져야 하는 이유를 수도 없이 증명하는 나날이었지만, 내 선택의 실패를 인정하고 싶지 않았다.

살면서 얼마나 많은 선택을 했나. 기뻤고, 슬펐다. 원했던 대학에 들어가지 못해서 슬펐고, 원했던 곳에서 일하게 되어 기뻤다. 선택의 결과가 숫자로, 또 합격과 불합격으로 나뉘어서 통보를 받는다는 것은 얼마나 간편한 일인가. 답은 명쾌했으니까. 하지만 사랑이라는 그 끝을 알 수 없는 선택을 하고 나니 늘 두려웠다. 난 합격일까, 불합격일까. 우린 언제까지나, 오래오래, 사랑하고, 행복할까.

창밖으로 야트막한 야산 능선을 따라 오르락내리락 장난스런 오솔길이 내다보이는 그 집을 나는 사랑했다. 등산객의 머리 꼭대기가 두더쥐 게임의 두더쥐들처럼 나타났다 사라졌다 하는 걸 오래도록 구경하곤 했다. 초여름 오후, 거실 소파에 누워 책을 읽고 있는 내 발끝으로 숲의 초록을 묻혀 온 바람이 지나가며 간질이고, 가을이면 나무 끝에서 떨구어진 잎사귀들이 제자리를 찾지 못하고 거실 창에 붙어 흘낏 구경하더니, 별 볼 일 없다는 듯 미끄러져 내려갔다. 어느 날에는 똑똑 소리가 들려 고개를 돌려 보니 꼬리 끝이 노랗고 부리가 빨간 새 한 마리가 창틀에 앉아 노크를 하며 나를 부르고 있었다. 그리고 겨울이면, 겨울이면. 하지만 나는 겨울의 풍경을 모른다. 창을 가려 버린 두꺼운 잿빛 커튼만 바라보고 또 바라보며 그 겨울을 버텼으니까.

"저기 언덕 즈음에 나무를 심자. 결혼식을 하는 대신, 그렇게 하자. 이 거실에 서서 나무가 무럭무럭 자라 열매 맺는 걸 함께 보는 거야." 나의 말에 그는 고개를 끄덕였다. 구청에서 혼인 신고를 하고 돌아오는 길에 변두리 어느 화원에 들러 묘목 세 그루를 골랐다. 매실, 앵두, 살구. "이건 뭐 손바닥 몇 대 때리면 부러질 것 같은데요? 이걸 심으면 나무가 돼서 열매를 맺는다고요? 정말이요?" 가느다란 회초리 같은 막대기 끝에 실핏줄 같은 뿌리가 안간힘을 다해 붙어 있는 묘목들을 의심스러운 눈초리로 바라보며 그가 물었다. "나무가 될지 말지는 이제 하늘이 알죠. 비를 내리고, 햇볕을 주는 건 인간의 일이 아니니까요." 주인아저씨의 무뚝뚝한 목소리에 그는 머쓱해했다. 하지만 난 이상하게도 그 말을 오랫동안 떠올렸다. "나무가 될지 말지는 이제 하늘이 알죠." 그때, 우리의 이별도 하늘만 아는 일이었다.

그 연약한 묘목들은 눈에 띄지 않게, 조금씩, 하지만 분명히 자라났다. 매일 아침 눈을 뜨면 창가에 서서, 멀리서도 눈에 띌 수 있도록 빨강, 노랑, 초록, 이름표를 달아 놓은 그 묘목들을 눈으로 찾아 인사했다. 어제에 이어 오늘은 똑같아 보였지만, 내일은 달랐다. 며칠이 지나 보면 어느새 가느다란 몸통에서 팔이 비쭉 하나 솟아나고, 또 하나 비쭉 솟아나더니, 갑자기 연두색 새순들이 와와 비명을 내지르며 팝콘처럼 터져 매달렸다. 여름이 시작된 어느 날 아침, 리본들이 더 이상 보이지 않았다. 밤새 비를 맞은 나무들은 참았던 숨을 터트리듯 온몸의 잎사귀를 있는 힘껏 펼쳐 내어 울창한 숲을 이루었다.

그와 크게 싸우기 며칠 전 묘목들의 안부가 궁금했던 우리는, 양지바른 공터를 찾느라 등산로에서도 한참 벗어난 비탈길 어딘가에 심어 둔 녀석들을 찾아 나섰다. 억센 넝쿨

들이 맨다리에 닿아 벌겋게 부풀어 올랐지만 그래도 꼭 눈으로 확인해야 했다. 묘목을 심은 장소에 도착한 것 같은데, 도통 찾을 수가 없어 초조해지고 있을 때, 잡초 더미 사이로 노란색 리본 끝이 살랑거리며 손짓을 했다. 무성한 나뭇잎들을 헤치고 다가가니 어느새 허리께만치 자란 앵두, 살구, 매실 묘목 세 그루가 거기에 있었다. 서로에게 힘껏 팔을 뻗어 닿으려는 듯 가지를 쳐 올라가는 생명력, 저 생명력. 하지만 리본에 적어 둔 매실, 앵두, 살구, 그의 손 글씨들은 희미하게 사라져 흔적만 남아 있었다. 선명했던 매직 글씨가 서서히 옅어지는 것처럼, 언제부턴가 말이 없어져 가는 우리의 미래가 불안했던 나는, 그 묘목들을 보고 애써 위안을 얻으며 산을 내려왔다. '괜찮을 거야, 우린.' 그리고 얼마 지나지 않아 그는 집을 떠났다.

* * *

집은 사람을 닮는다. 사람도 집을 닮는다. 인문지리학자 이푸 투안Yi-Fu Tuan은 '장소애'라는 아름다운 단어로 인간과 장소의 사랑에 대해 말한다.

"어떤 공간이 자기에게 친숙한 곳이 될 때, 다시 말하면 한 번

와 보고, 두 번 와 보고, 세 번 와 보고, 경험이 쌓여 가면서 추
상적인 공간은 친밀하고 의미가 가득한 장소로 바뀌어 간다.
모든 사람은 감정을 가지고 장소를 대하게 되는데 이것을 장소
감이라 하고, 장소감은 반드시 장소애를 낳는다."[18]

그렇다면 집이야말로 우리가 장소애를 느끼는 곳이 아닐
까. 처음 부모님으로부터 독립해서 내 힘으로 얻었던 작고
오래된 원룸. 몇 번이나 닦으려고 애쓰다 포기한 녹이 슨 수
도꼭지를 남겨 놓고, 내 얼굴이 동그랗게 비칠 정도로 쨍한
알루미늄 수전이 달린 방 두 개짜리 전셋집으로 옮기며 기
뻐했지만, 나는 가끔 지금도 그 작은 방을 애정을 담아 떠올
린다. 벗어나고 싶었던 곳도 한때 내가 머물렀던 이유와 의
미가 있다면, 그리고 그것이 쌓여 추억이 되었다면, 우리는
장소애를 느끼게 된다. 짧게나마 그와 살았던 창이 넓은 그
집을 고통스럽지만, 아름답게 떠올리는 것처럼.

　노부부를 닮은 한옥과 그 집을 닮은 노부부의 이야기가
있다. 배삼식 작가의 희곡《3월의 눈》이다. 2011년 3월 서
울 서부역 건너편, 붉은색으로 페인트칠한 나지막한 건물
몇 채가 들어섰다. 문화체육관광부가 서계동 기무사 수송
대 부지에 국립극단이 공연할 수 있는 공연장과 연습실을
갖추어 문을 열었다. 200여 명 남짓 들어갈 수 있는 소극장

의 이름은 '백성희장민호극장'. 우리나라 최초로 배우의 이름을 기리기 위해 만들어진 이 극장의 개관을 기념하기 위한 작품이 《3월의 눈》이다. 배삼식 작가가 일주일 만에 완성했다는 이 연극은 두 배우를 위한 헌정이며 경의의 표현이다.

극장의 개관도 화제가 되었고, 배삼식 작가의 신작도 궁금했던 터였는데, 운 좋게도 난 다시없을 이 초연 무대를 지켰다. 백성희, 장민호 배우가 함께 무대에 선 것은 이때가 마지막이었다. 10여 일 남짓 짧은 공연은 매진이 되었고, 이듬해 3월에 이어진 재공연에는 백성희 배우가 노환으로 공연을 하지 못했다. 그리고 같은 해인 2012년 11월, 장민호 배우가 세상을 떠났다는 부고가 전해졌다. 극장의 반쪽 주인이 된 백성희 배우는 2013년 3월, 세 번째 《3월의 눈》 무대에 올라 공연을 했지만, 2016년 새봄을 기다리지 못하고 1월에 세상을 떠났다.

난 지금도 해마다 3월이 되면, 백성희와 장민호 배우를 떠올리며 연극 《3월의 눈》을 생각한다. 이전엔 미처 몰랐지만, 3월에도 눈이 내린다. 어느 해는 폭설이 내려서 '3월에 뭐 이리 큰 눈이람.' 하고 오래 기억이 남을 때도, 또 어느 해에는 설핏 싸락눈이 흩날려서 미처 알아채지 못하고 지날 때도 있지만, 3월에도 눈이 내린다. 계절은 순리도 흔저

도 없이 바뀐다고 생각했지만, 그 경계에서 그들은 인사를
나눈다. 난 이제 그만 떠날게. 겨울이 봄에게 마지막 인사를
한다. "정말 미안해." 그가 떠난 빈집에 남겨진 포스트잇 위
의 짧은 인사처럼. 얼굴을 마주할 용기 없어 남겨 둔 글씨
가, 손에 닿자마자 사라지는 3월의 싸락눈 같았다.

* * *

연극 《3월의 눈》의 주인공은 집이다. 장오와 이순이 팔십
평생을 보낸 오래된 집, 노부부보다 나이 먹은 한옥. 배삼식
작가는 희곡의 첫 장에 등장인물보다 이 집을 세심하게 소
개한다.

오래 묵은 한옥. 무대는 이 집의 뒤편. 중앙에 대청마루. 대
청마루 너머 무대 뒤편으로 앞마당과 대문이 건너다보인다.
대청마루 양옆으로 안방과 건넌방. 두 방과 대청마루를 이
으며 좁은 툇마루가 길게 뻗어 있다. 방에서 대청마루로 통
하는 문은 미닫이, 툇마루로 나서는 문은 여닫이. 툇마루 앞
객석 쪽으로 좁은 뒷마당. 구석에 돌로 쌓아 올린 조그만 화
단, 화초와 나무 몇 그루, 수석 몇 개[19]

2011년 초연된 백성희, 장민호 배우의 《3월의 눈》.
배삼식 작가가 일주일 만에 완성했다는 이 연극은
두 배우를 위한 헌정이며 경의의 표현이다.
ⓒ Newsis

손때 묻은 대들보가 잘생긴 한옥, 안방과 건넌방을 잇는 좁은 툇마루는 수많은 사람의 발자국이 세월과 함께 새겨져 있다. 전쟁통에 피난 갔다가 혼자 살아남아 집으로 돌아온 이순을 살린 건 장오였다. 가족 모두를 잃고 넋이 나간 이순에게 준치가 한가득 담긴 바구니를 툇마루에 올려놓으며 처음 장오가 한 말은 "밥 먹읍세다."였다. 가시 많은 준칫국을 나눠 먹은 두 사람은 부부가 되고, 월북해서 30년째 소식이 없는 아들을 툇마루에 서서 기다리는 이순의 머리 위에는 하얀 서리가 내려앉았다. 잊을만 하면 한 번씩 찾아오는 노숙자 황씨를 불러 툇마루에 앉히고 따뜻한 국 한 그릇 내어 주던 이순과 함께 그렇게 나이 먹은 그 툇마루는 이제 손주 부부의 빚을 갚기 위해 내놓은 한옥에서 가장 먼저 뜯겨 나가는 신세가 된다.

내일 아침이면 집을 떠나야 하는 장오는 아침 일찍 머리를 자르러 이발소로 나섰다가 지저분한 머리를 그대로 둔 채 대문에 들어선다. 오랜 단골이었던 이발소가 마을의 개발로 50년 영업을 끝내고 문을 닫아 버렸으니 낭패다. 그런데 이순은 난데없이 집의 문종이가 영 보기 싫으니 창호지를 사오란다. 투닥투닥거리는 노부부의 대화 끝이 누구 뜻대로 되나 지켜보는데, 슬며시 웃음이 난다.

장오 문종이는 뭘, 거 쓸데없이. 구멍 난 데두 없이 아직 멀쩡한 걸.

이순 그 핑계루 건너뛴 게 몇 해짼 줄 아우? 아유, 뵈기 싫단 말예요! 누레진 것두 누레진 거지만, 이렇게 누레지도록 구멍 하나 안 나는 꼴이 더 뵈기 싫어!

(이순, 일어나 문 앞으로 가서 손가락으로 문종이에 구멍을 푹푹 뚫어 버린다.)

갑자기 이순이 벌떡 일어나 말짱해 보이는 문종이를 그야말로 '푹푹' 뚫어 버리는 이 장면을 좋아한다. 볼 때마다 큰 소리로 웃는다. 팽팽하고 하얀 문종이가 뚫리는 걸 보면 내 마음이 다 후련하달까. 부부라는 그 오래되고 팽팽한 긴장 관계를 푹푹 뚫어 버리는 시원함, 창호지처럼 비칠 듯 말 듯 그 속을 알 것 같다가도 절대로 알 수 없는 부부의 시간이란.

여든이 넘은 백성희 배우가 꼿꼿하게 일어나서 창호지를 뚫고 장오를 돌아보는 모양새가 마치 소녀 같다. 장오는 화를 낼 법도 한데, "헛 참…" 하며 혀를 차는 게 전부다. 그들의 오랜 사랑과 신뢰를 이보다 더 자연스럽게 표현할 수 있을까. 젊은 시절 어느 날은 고집부리는 이순에게 버럭 고함을 질렀거나, 또 어느 날은 그런 장오에게 서운한 이순이 눈물짓거나, 그런 날들이 있었을지 모른다. 하지만 이젠 부부는 서로 안다. 당신이 하고 싶은 대로 하자구. 결국 장오는 창호지를 사러 나선다.

《3월의 눈》은 3월 중순의 어느 날, 아침부터 다음 날 아침까지 하루의 일이다. 그 하루 동안 노부부와 한옥의 50년 인생이 담백하고 조용하게 지나간다. 부부가 나누는 이야기를 통해 그들의 삶이 그리 순탄치 않았음을, 많은 고비가 있었음을 알게 된다. 장오와 이야기를 나누고 있는 이순도 사실은 이미 먼저 세상을 떠난 사람임을 천천히 깨닫게 된다. 장오는 집을 떠나며 이순과도 비로소 이별을 한다.

> **장오** 이젠 집을 비워 줄 때가 된 거야. 내주고 갈 때가 온 거지. 그러니 자네두 이제 다 비우고 가게. 여기 있지 말구. 여긴 이제 아무것두 없어. 아무것두.

장오는 마을 사람들에게는 손주 집으로 이사를 간다 했지만, 사실 한옥을 판 돈으로 손주 빚 갚고, 손주며느리 카페 차리는 일에 돈을 보태고는 요양원으로 갈 계획이다. 그렇게 자신의 마지막 날들을 정리한다. 이순이 장오의 어깨

를 안아주고, 두 사람의 머리 위로 3월의 눈이 흩날린다. 백
성희, 장민호 배우 두 사람을 오롯이 비추는 어둑한 핀 조명
아래서 객석은 더욱 어둠에 휩싸이고, 나는 그 어둠 속에서
울었다. 이순이 푹푹 창호지를 뚫을 때마다 웃었던 것처럼,
서로를 품에 안은 노부부의 머리 위로 눈이 내리는 장면이
생각날 때마다 나는 울었다. 우리는 왜 계절을 한 바퀴 돌아
제자리로 올 만큼도 함께하지 못했을까를 생각하며 울었
다. 하지만 모든 걸 비워 주고 나가는 장오 곁에는 이제 이
순도 없고, 추억이 쌓인 집도 없지만, 그렇게 담담하게 맞이
하는 이별도 있는 법이다. 장오는 흐느끼는 손주며느리를
다독이고 보내고 난 뒤, 다음 날 새벽 누구의 배웅도 없이
집을 떠난다.

뜯겨져 나가는 집이 애처롭게 앓는 소리를 낸다. 분주한 소
란의 와중에, 외떨어진 섬처럼, 이순은 툇마루에 앉아, 황씨
는 마당에 서서, 내리는 눈을 바라본다. 3월. 눈이 내린다.[20]

* * *

매일처럼 같은 길을 운전해서 출근을 하고, 매일처럼 지
하 주차장 엘리베이터 앞 세 번째 구역에 주차를 한 뒤, 차

에서 내려 몇 발자국을 떼어 놓던 그날 아침, 그때 누군가 내 등 뒤에 소리도 없이 다가와 툭툭 등을 두드리는 것만 같았다. 그리고 불쑥 내미는 성적표. 이혼. 그때서야 난 모든 걸 인정했다. 매일처럼 같은 나날들 속에서 하나 달라진 건, 우리는 헤어져야 한다는 것. 그래야 조금 더 행복해질 수 있다는 것. 한참이나 울다가 사무실로 올라갔다. 그토록 나를 패배감으로 이끌었던 감정에서 자유로워졌다.

내 잘못도 너의 잘못도 아니야. 내 선택을 증명하기 위해 너에게도 이 고통스러운 나날을 함께하자고 강요하는 건 잘못된 거야. 그저 우리는 함께 할 수 없을 뿐.

"이별할 줄도 알아야 해." 언젠가 넌 무심코 이렇게 말했지. 마치 오랜 시간 이별을 준비한 듯이. 사랑이 함께하는 일이라면 이별은 각자 하는 것, 내 사랑과 너의 사랑이 언제나 평행선을 그리지는 않는다는 것, 그러니 사랑이라는 이름으로 옭아매던 널 보내야 하는 것. 제대로 된 이별을 맞는 일, 그것은 지나간 사랑으로부터의 자유.

하지만 난 늘 사랑을 측정하고 싶었는지 몰라. "나 사랑해? 얼마나?"라는 질문이 바보 같다는 것을 잘 알고 있으면서도 언제나 확인하고 싶었지, 네 사랑을. 다투고, 화해하고, 조금만 시간을 가져보자, 그렇게 연락을 하지 않던 시간들. 우리

사랑이라고 쓰고 나니
다음엔 아무것도 못 쓰겠다

는 서로에게서 서서히 고립되어 갔지. 이별을 눈앞에 두고 있는 걸 알면서도 그래도 믿었던 거야. 조금은 남아 있을 것 같은 네 사랑을. 사랑을 숫자로 표현하다니 그럴 수는 없어. 이건 너무 잔인해. 그래도 네가 나를 여전히, 조금은 사랑하고 있다고, 그렇게 믿고 헤어지고 싶어. 세상이 변해서 달나라로 여행을 가도, 그 남은 사랑을 측정하지는 말자. 그러지는 말자.

시절 인연이라는 말이 있잖아. 모든 인연에는 오고 가는 시기가 있다지. 굳이 애쓰지 않아도 만나게 될 인연은 만나게 되어 있고, 아무리 애를 써도 만나지 못할 인연은 만나지 못 한다잖아. 비단 사람의 인연뿐만 아니라 모든 사물의 현상은 시기가 되어야 일어난다는 이 불교의 가르침을 가까스로 이해하기 시작한 건 마흔이 넘어서일까. 한 사람을 만난다는 건 한 세상을 만나는 것이고, 그 사람을 떠나보내는 건 함께 만들었던 세상이 떠나가는 것. 친구도 연인도 내 세상의 일부를 가졌던 누군가와의 이별이 여전히 아프지만 그래도 애쓰려 하지 않으려 해. 때가 되면, 다시 만날 사람이라면, 마주하고 웃을 시간이 다시 오겠지. 시절 인연처럼, 3월의 눈처럼. 그때 다시 반갑게 인사할 거야. 안녕.

3월의 눈

◆ 배삼식
◆ 2011년 백성희장민호극장 초연

재개발 열풍으로 모든 것이 소란스러운 마을, 여든이 넘은 장오와 이순의 오래된 한옥만 고즈넉하다. 하지만 장오도 내일이면 이 집을 떠나게 되고, 한옥도 사라지게 된다. 노부부의 마지막 하루가 여느 날과 다름없이 지나가는 동안, 두 사람의 대화 속에서 월북 후 소식이 끊긴 아들, 빚으로 고생하는 손주 부부, 그리고 먼저 세상을 떠난 이순의 존재를 알게 된다. 장오는 모든 걸 내어 주고 새벽녘 집을 비운다. 장오가 떠난 빈 한옥도 뜯겨져 나가고, 겨울이 가고 봄이 오는 길목에서 3월의 눈이 내린다.

1 〈질투는 나의 힘〉,《입 속의 검은 잎》, 기형도, 문학과지성사, 1989

2 《단순한 열정》, 아니 에르노 지음, 최정수 옮김, 문학동네, 2012

3 《그리스 비극》, 임철규, 한길사, 2007

4 《모던 로맨스》, 아지즈 안사리 지음, 노정태 옮김, 부키, 2019

5 《예브게니 오네긴》, 알렉산드르 세르게예비치 푸시킨 지음, 석영중 옮김, 열린책들, 2009

6 《사양》, 다자이 오사무 지음, 유숙자 옮김, 민음사, 2018

7 《사양》, 다자이 오사무 지음, 유숙자 옮김, 민음사, 2018

8 《벚꽃 동산》, 안톤 체호프 지음, 오종우 옮김, 열린책들, 2007

9 《모성애의 발명》, 엘리자베트 벡게른스하임 지음, 이재원 옮김, 알마, 2014

10 《살림 비용》, 데버라 리비 지음, 백수린·이예원 옮김, 플레이타임, 2021

11 《뜨거운 양철 지붕 위의 고양이/유리동물원》, 테네시 윌리엄스 지음, 김소임 옮김, 민음사, 2010

12 2020년 두산아트센터에서 제작된 한국 공연 녹화 영상에서 발췌.

13 《사건》, 아니 에르노 지음, 윤석헌 옮김, 민음사, 2019

14 《셰익스피어전집》, 셰익스피어 지음, 이상섭 옮김, 문학과 지성사, 2017

15 《고리오 영감》, 오노레 드 발자크 지음, 이동렬 옮김, 을유문화사, 2010

16 《지혜롭게 나이든다는 것》, 마사 누스바움·솔 레브모어 지음, 안진이 옮김, 어크로스, 2019

17 《질투, 사랑의 그림자》, 폴로랑 아숭 지음, 표원경 옮김, 한동네, 2021

18 《공간과 장소》, 이푸 투안 지음, 윤영호·김미선 옮김, 사이, 2020

19   《3월의 눈》, 배삼식, 민음사, 2021

20   《3월의 눈》, 배삼식, 민음사, 2021

참
고
문
헌

사랑이라고 쓰고 나니
다음엔 아무것도 못 쓰겠다

1판 1쇄 발행   2023년 4월 28일

지은이   최여정
펴낸이   이민선
편집   홍성광, 백선
디자인   박은정
제작   호호히히주니 아빠
인쇄   신성토탈시스템

펴낸곳   틈새책방
등록   2016년 9월 29일 (제25100-2016-000085)
주소   08355 서울특별시 구로구 개봉로1길 170, 101-1305
전화   02-6397-9452
팩스   02-6000-9452
홈페이지   www.teumsaebooks.com
인스타그램   @teumsaebooks
페이스북   www.facebook.com/teumsaebook
포스트   m.post.naver.com/teumsaebooks
유튜브   www.youtube.com/틈새책방
전자우편   teumsaebooks@gmail.com

ⓒ 최여정, 2023

ISBN   979-11-88949-48-9   03810